主婦達への応援歌 半径5メートル物語

秦 万里子
HATA MARIKO

幻冬舎

半径5メートル物語〜主婦達への応援歌

もくじ

PART 1
主婦の道も、一歩から

PART 2
家事を征するものは、人生を征す

PART 3
子育て、山あり谷あり

MY KID AND MY MONEY GO TO NYU
I MISS BOTH OF THEM!
天然水

PART 1

主婦の道も、一歩から

5秒前に戻りたい

5、4、3、2、1　5秒前に戻りたい
5、4、3、2、1　5秒前に戻りたい
5、4、3、2、1　5秒前に戻りたい

5、4、3、2、1　5秒前に戻りたい
5、4、3、2、1　5秒前に戻りたい
5、4、3、2、1　5秒前に戻りたい

よそみをしてたら前の車にコツンとやっちゃった
バッチリ決めてお出かけ前にストッキングひっかけた
届くと思った高い棚　背伸びをしたら足つった

11:27:28 → 11:27:33
スパゲティ
ふきこぼれ
ドライブ～♪
ゴツン
5秒前
現在

5、4、3、2、1　5秒前に戻りたい
5、4、3、2、1　5秒前に戻りたい
5、4、3、2、1　5秒前に戻りたい

買うか買わないか　迷って戻れば既にうりきれ
電車が来ている　それいけ 走ればすってんころりん
水切りしっかりしないでトーフをあげたらはねてやけど

5、4、3、2、1　戻りたい
5、4、3、2、1　戻りたい
5、4、3、2、1　5秒前に戻りたい

ここじゃあぶないと思っておいた花瓶をひっかけた
チャックをあげれば布がからんでそのままストップ
確認しないで出したメールの宛先間違えた

5、4、3、2、1　5秒前に戻りたい　5秒前に戻りたい
5、4、3、2、1　5秒前に戻りたい

山積み　食器を　したから抜き取りゃ　おちる
われる　ああ　はずむ　ああ　とびちる　ちらかる
スパゲッティ　あと1ハ分　離れた隙にふきこぼれ

5、4、3、2、1　戻りたい
5、4、3、2、1　5秒前5秒前
5、4、3、2、1　5秒前に戻りたい
5、4、3、2、1　5秒前に戻りたい
5、4、3、2、1　5秒前に戻りたい
1、2、3、4　5秒前に戻りたい
もどりたい　5秒前にも～も～もどりたい

あー、やっちゃった

ああ、あのときにああすればよかった、ああしなければよかった。「れば」「たら」を言いだしたらきりがないし、それを言ったら止めがききません。

この家に生まれなければよかった、先祖があの土地を買っていれば今頃大金持ち、などなど、そうなるとアメリカ人に生まれたかった、背が高くて優しい男性と巡りあい、結婚したかった、ほらほら、次から次へと出てきます。

そういう「高望み」は別として、自分の犯した小さな失敗がすべての間違いの元！　そう思うときには、思わず頭の片隅でこう願ってしまいませんか？

「せめて五秒でいいから、昔に戻りたい」

昔とは大げさですね、ほんの少しでいいの、頼む、この現実からバックしたい……そう思うとき、結構ありません？

マニキュア、もう少し乾いてからに……いや、時間ないし、ストッキングはいちゃえ〜〜〜、これが間違いの元、マニキュアは崩れ、ストッキングには色がつき、悲惨なことに。

ここに置いたらひっかけるかなあ……そう思っても思わず「今だけ」「ちょっとだけ」とコップや花びんを置いてしまうのが忙しい主婦。賢い主婦は置かない？　かもしれない。私は置いちゃう。そしてそこに置いたことも忘れた頃、ガッシャ〜〜〜ン、やっぱり。

「やっぱり」と思うなら置かなきゃいいのにね。ほら、私たち、忙しいから。掃く、拭《ふ》く、集める、捨てる、置き場所変える時間の数十倍かかる。忙しいのにね。まったく。

あの電車……あら？　結構長く停まってる。乗れるかも？　時間調整？　行けるかも、走ってみようと決断するのが遅すぎたと気がついたときには、時既に遅し。足首ひねるか、ドアの前で無惨な「アウト」宣言にあうか……。

麺類の食事を用意するのは、段取りが勝負。すべてが同時にできないとね。冷やし中華でも、スパゲッティでも、なんでも同じ。

よし、あと一分でゆであがる、その間に、ササッとテーブル拭いてっと。目に入るのは液晶テレビ。

「あら、このお店、行ったことある。そうそう、この入り口、見覚えあるわ……」なんて思った瞬間に台所で吹きこぼれの音！　しまった、ざば〜、ぷしゅ〜、がっくり。

麺をゆでるって作業は、やっかい。

一時、火を止めて蓋《ふた》をして置く、とか圧力鍋で……とか「吹きこぼれないゆで方」に凝《こ》ったこともありました。でも、なんだか料理をしている気がしないし、それがもしも最良のやり方なら、もっと、ほら、広まるはず。料理の先生たちもそうするはず、でもそんなことやってるの、特殊な先生だけ。みなさん、ほら、火のついた大きな寸胴鍋で「こうしてかき回して下さ～イ、そろそろですね、一本食べてみましょう……」なんて、あっつあつの麺をどこかシャレた手つきでプロっぽく試食……。どの方も蓋をあけて、エコですねえ～なんておっしゃらない。

で、私も「火を止め、吹きこぼれない」麺作りはやめたのであります。だから、吹きこぼれる。ガスレンジを綺麗《きれい》にしたときにかぎって、これまた吹きこぼれる。あのオール電化の電子調理器の発明者は、きっと奥様がしょっちゅうガス台を汚していたんでしょうね。あの五徳《ごとく》を外しての掃除に嫌気がさしたんだ!!

こうして五秒前に戻りたいと思うことはよくありますが、五年、十年前に戻りたい、学生時代に戻りたいなんてことはありません。また、あの人生のハードルを全部越えるのかと思うと、ノーサンキューであります。

やっとここまできたのですから。

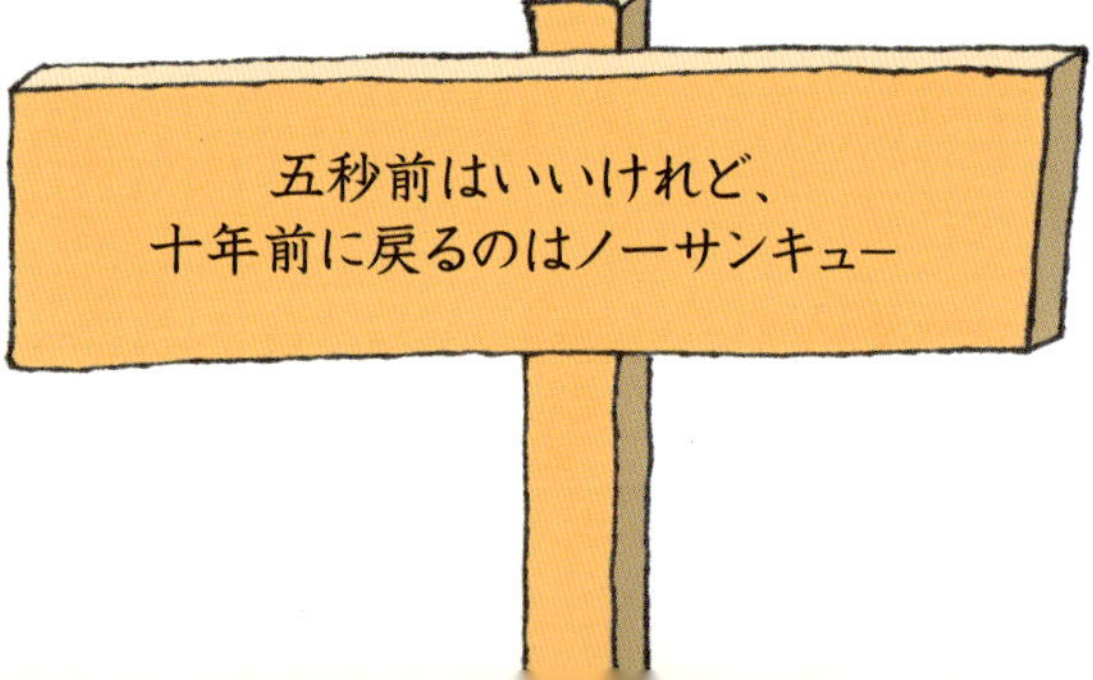
五秒前はいいけれど、
十年前に戻るのはノーサンキュー

ポイポイ

作詞　秦典子

ッポイ　ポイ　ポイ　　ッポイ　ポイ　ポイ
ッポイ　ポイ　ポイ　ポイ　ポイ　ポイ　ポイ

ストレスなんかためないで　ッポイ
とにかくポイーッと捨てましょう　　ッポイ
くよくよ　くさくさ　もやもやは　ッポイ
さっさと　ッポイーっと捨てましょう

なんじゃホ〜イ　ストレス　ホイホイホイ
なんじゃホ〜イ　ストレス　ホイホイホイ

むかむか　カッカ　イライラは　ッポイー
きっぱり　ッポイーっと捨てましょう　ッポイー
わびしい　さびしい　ゆううつは　ッポイー
どこかへ　ッポイーっと捨てましょう

なんじゃホ～イ　ストレス　ホイホイホイ
なんじゃホ～イ　ストレス　ホイホイホイ

未練も　ッポイー　そしたら　ホイ
愉快だ　ホイ　幸せ　来い

不機嫌　ッポイー　そしたら　ホイホイ
ご機嫌　ホイ　元気よ　来い

プライド　ッポイ　気楽だ　ホイ
笑おう　ホイ　旦那はキープで
元気だ　ホイ　夢よ　来い
ポイポイ　捨てれば　ホイホイホイ

ッポイ　ポイ　ポイ　ッポイ　ポイ　ポイ
ッポイ　ポイ　ポイ　ポイ　ポイ　ポイ　ポイ

ッポイ　ポイ　ポイ　ッポイ　ポイ　ポイ
ッポイ　ポイ　ポイ　ポイ　ポイ　ポイ　ポイ

捨て上手、捨て下手

モノを捨てることは難儀です。簡単に捨てられるのであれば、書店にあんなに「モノを捨てて、さっぱり人生！」なんて本が売っているわけがありません。

捨てられない方が、きっと大勢いらっしゃる。さっぱり暮らしたい、スッキリ暮らしたい、でもそう簡単にいかないのよねえ。

え？　どうして簡単じゃないかって？　私の性格、血液型に関係があります（と思います）。一度やり出したら「徹底的にやる」のが好き。どちらかというと何日徹夜をしても、終わるまでやり続けたい。途中での食事は誰か口に入れてくれイ!!　トイレも代わりに誰か行ってくれイ!!　というのが本音。ちょっとやって、また明日、また来週っていうのが苦手。

話が飛びますが、お料理もそう。だから生地を寝かせておく……とか冷蔵庫で冷やしておきましょう……とかいう手順は苦手。やりだしたら、やっちゃいたい。

昔からテレビ料理番組が羨《うらや》ましくて仕方がないのです。

「はい、ここでさっき作っておきましたパイ生地を出してみましょう」

はあ？　そんなあ、とよく思ったものです。おっと……脱線しました。

一方、この歌詞を書いた妹は捨てるのが上手。姉妹でこうも違うか？　という感じ。まあどこの兄弟姉妹でもそうでしょうけれどね。

私はモノを捨てるのは不得意だけれど、悩みや心配事を心から追い出すのは得意。反省も捨てちゃうし、経験も捨てちゃうし、学習も捨てちゃうのはちょっと問題ですが、精神的なストレスなどは捨てやすい。ぬいぐるみより数倍捨てやすい。

でも世の中、わかっちゃいるけど踏ん切れない……ってことは多いですよね。それが人間。でもこの辺の精神的コントロールが利くとかなり便利です。

アダムとイブの頃から人へのうらみ、そねみ、ねたみなど、ドロドロ系の感情は捨てるに限ります。罪を憎んで人を憎まず、という言葉がありますが、それを実践してみようとしたことがあります。でもこれ、罪といいましてもジャン・バルジャンじゃあるまいしね、そんな大きなことではないのですよ。

でもなんか、ほら、当番なのに、なんだかんだごまかして、帰っちゃう人とかね、そういう人、いったいどういう育てられ方をしたんだ？　と思い始めると、その親はどうやって育ったんだ？　その親は？　ときりがなくなってしまう。

電車のなかでギャーギャーギャー騒いでいる子、この親、どこ？　その親はどう育てたんだ？　となるときりがないし。

こうなると、その消臭スプレーの役をになうのは「罪を憎んで人を憎まず」であります。

が、これ家族に対してだと割り切って考えることは難しいですよ。繰り返し起こることも多いしね。

こうなったらもう割り切って、これも「モノ」だと思う。まず、その事件は可燃か、不燃か、プラか、大型か、電化製品かを仕分けて、その曜日にゴミ箱に向かって吠える。なにもしないより、ため息つきながら終わりのない電話を友人にするよりも、ちょっと楽しいですよ。一番楽しいのは、その不満をどのゴミか仕分けるとき。頭の体操にもなります!! はい。

こんな時代だから

こんな時代だから四柱推命、風水
こんな時代だから姓名判断、気功
こんな時代だからラピスラズリに水晶
こんな時代だから癒し音楽にペット

あ～あなたはどうするどうする？
いったいどうするの？
わ～わたしはどうなるどうなる？
どうなるって、そうよ、こうしてみせる！！

こんな時代だから漢方に中国茶
こんな時代だから無添加に無農薬
こんな時代だからかつおぶしにだしこんぶ
こんな時代だからタブレットにダイエット

こんな時代だから子供が心配
こんな時代だから地球が心配
こんな時代だから将来が心配
こんな私だから自分が心配

心配、心配　してもしつくせず
心配、心配　してもしなくても
心配、心配　やるだけやったら
心配、心配　心配しないでわらっとけ

こんな時代だけど自分で選ばなきゃ
こんな時代だけどあなたの人生
こんな時代だけど通販じゃ売ってない
こんな時代だけど私の人生

予想外の中で生きていく

この曲を書いたのは既に十年近く前です。

そのときにも「こんな時代だから」と思ったのでこの詞ができたはずなのですが、今はもっと「こんな時代だから」と思う機会が増えました。

何か困難がやってきても、それをなんとか乗り越えていこうとする力や意思が我々を新しい考えや発明に導いてきました。

でも、氷河が溶ける、川は生活排水で汚れ、みんなで子育て条件を社会に揃《そろ》えていきましょうねえ～なんて言っている間にドンドン子どもは減り、インフルエンザは更新がお盛ん。その時代時代で警鐘をならす人はいるけれど、かといって、みんなが馬車で移動する昔には戻れず。せめてマイ箸をバッグに入れて、一方ではリッター十キロしか走らない車で買い物に出かける。自分で何を良しとするかが問われる時代ですね。

私が小学生だった頃、あの飛行機が空に描いた五輪が我が家から見えて感激したのを覚えています。

縁あって新幹線の試乗に家族で参加しましたが、「ただいま二五〇キロです」とアナウンスがありましたっけ（今では山手線並みのダイヤでホームに入ってくる）。飛行機に乗って海外へ行けば、日付変更線を越えた記念色紙が配られました。日本や日本人に太いベクトルがあった時代、そのときの「こんな時代」が今の「こんな時代」を生んでいます。

あの頃から比べると今は、天気予報の各地の風向き矢印のように、それぞれがベクトルの長さや向きを決める時代になったと思います。

社会にいろいろと予想外なことが起きると、どうしていいか〜どうされていいか、わからなくなります。日本人は一人一人が独立してモノを考えるには歴史的慣習に恵まれていたとは言えないでしょう。でもここへきて、そうは言っていられなくなっています。私たちのDNAの変化を待っているわけにはいかない……。

私も「一緒におトイレに行こう～」と腕を組み合う女子校や「うーん、じゃあ、そうね、みなさんとおんなじ、Aランチ、決めた！」という団体生活を経験していますから「個人」と「足並み揃えて」の両立の難しさはわかります。

が、これだけチョイスがあり、それを選べる自由があることを喜んではどうかと思っています。その積み重ねが、この時代に生きていくということ、積み重ねて自分の人生をつくっていくということだと思います。

こんな時代だからどう生きるのか、これは大きな課題ではなくて、毎日の小さな課題の積み重ねだと考えれば、一日一日大切に過ごせるかもしれません。

自分にとってのいいものってなんだ？　いい将来ってなんだ？　それを考えることが「他にはない、あなただけの人生」をつくりあげることなのだと思いつつ、私も頑張っておりますです。

　心配してよくなるなら、いくらでも心配する！　と最初に思ったのは小学生のとき。テストの結果を心配していたある日、心配しても今、現在先生の机の上にある私の答案の答えが変わる訳じゃなし、と思ったあの日から、思い煩《わずら》うことがなくなった気がします。

　家族にとってはもう少し思い煩って欲しいときもあるようですが。いつでも「なんとかなるっしょ！」と言いつつ、人に助けてもらっているから……あっちゃあ～。

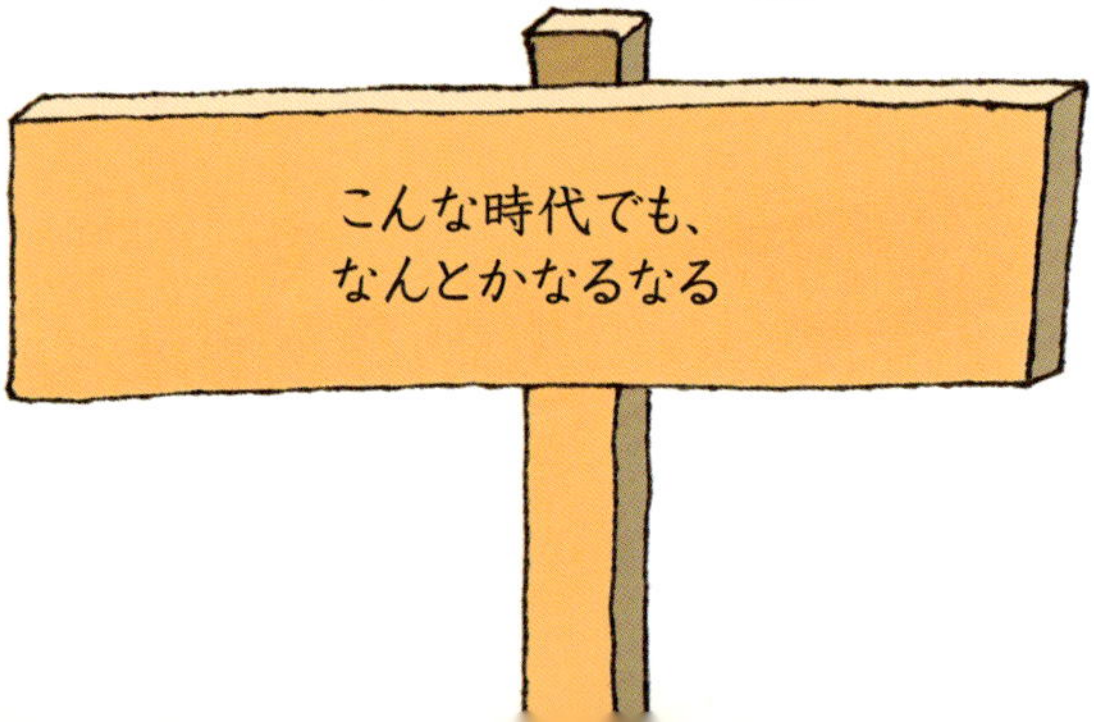

はなまる

早起きできたらはなまる
ゴミだし完璧はなまる
朝食揃って「いただきます!」
家族の笑顔がはじけてる
はなまる　はなまる
お弁当作って手渡して
はなまる　はなまる
家族を見送り
はなまる

作詞　秦典子

洗濯掃除もはなまる
パートに駆けつけはなまる
帰りにスーパーはしごして
お一人様1点ゲットする
はなまる　はなまる
献立バランス考えて
はなまる　はなまる
節約できたら
はなまる

子供のテストはちょいぺけ
主人の給料もちょいぺけ
私の体型まるまる
それじゃあ困るわ
頑張ろう!
大きなはなまる　めざして

あなたの努力にははなまる
私の頑張りはなまる
毎日活き活き過ごしたら
素敵な時間が待っている
はなまる　はなまる
未来に花咲くプレゼント
はなまる　はなまる
自分にごほうび
はなまる

はなまる　はなまる
毎日活き活き過ごしたら
はなまる　はなまる
とびきり大きな
はなまる

はなまる　はなまる
かがやく未来にははなまる
はなまる　はなまる
みんなに大きな
はなまる　はなまる

主婦にも、はなまる

この言葉は私が小学生のときにはなかったなあ。二重丸っていうのはあったけれど。はなまると聞くととても楽しい気持ちになりますね。ノートも華やかになるし、なんだか勲章みたい。

子どもたちが初めてのはなまるをもらってきてうれしかった小学校一年生の頃。そのときにこの「はなまる」の歌の原型ができました。きっと先生も、このはなまるを書くのが楽しみなんだろうな……そう思います。そういう学校でした。

一人一人を大切にしてくれた彼女たちが通った小学校は松林にかこまれた茅ヶ崎にあり、一学年一クラス、二十人前後で本当にこぢんまりしていました。すべての先生がすべての子どもたちのことを知っている、そんな学校でした。ですから、毎日が判で押したような……とはほど遠かった。それが私にはうれしくて、このクラスに勇気をもらって歌がいくつかできました。

級友のお父さんが南の島から大きなさやの豆をお土産に持ち帰り、学校に持ってきてくださったことがありましたが、それも「さやさやさや」という歌になりました。

TBSの「はなまるマーケット」のコーナーでこの「はなまる」の歌が流れるなんて子どもたちの同級生もビックリしているはず。ご縁ですねえ。ありがたや、ありがたや。

我々主婦は、なかなかはなまるをいただけるチャンスがありません。ゴミを出した、はなまる!!　前の道を掃いた、はなまる!!　とかもらえたら、うれしいだろうなあ。はなまる欲しさにやる年齢じゃないとしても、きっとうれしいに違いない。

はなまるをいただけないのには理由があって、家事はやったからといって「大したことではない」「当たり前でしょう?」と思われているフシがあるからであります。

今日、ちょっと忙しかったけど、頑張って洗濯物干して出かけてきたんだあ……と威張っても、誰が褒《ほ》めてくれましょうや? 昨晩は、なかなかメニューが決まらなくて苦労したけど、新しいレシピに挑戦したら美味《おい》しくできて、すごくうれしかったんだあ……と感激しても誰がそうかそうかと頭をなでてくれましょうや?

「へえ、やればできるんじゃん?」と言われるのがオチ、それが主婦であります。そんなに簡単に思ってるなら一日ヤッタンサイ!! と開き直りたくなりますが、そのエネルギーも忙しさに吸い取られてしまいます。

だから？　コンサートで「わかってる、みんな、頑張ってるよね、すごいと思うんだ、私も頑張ってるんだ、ね、そうよね」と歌を通して、ピアノの音色でお届けしているのかもしれません。

そう、一人一人、みんな屋根の下で頑張っているのです。偉いのであります!!　だからあげちゃう、はなまる!!　なのです。

とにかく誰かにつけてもらいたいのです。

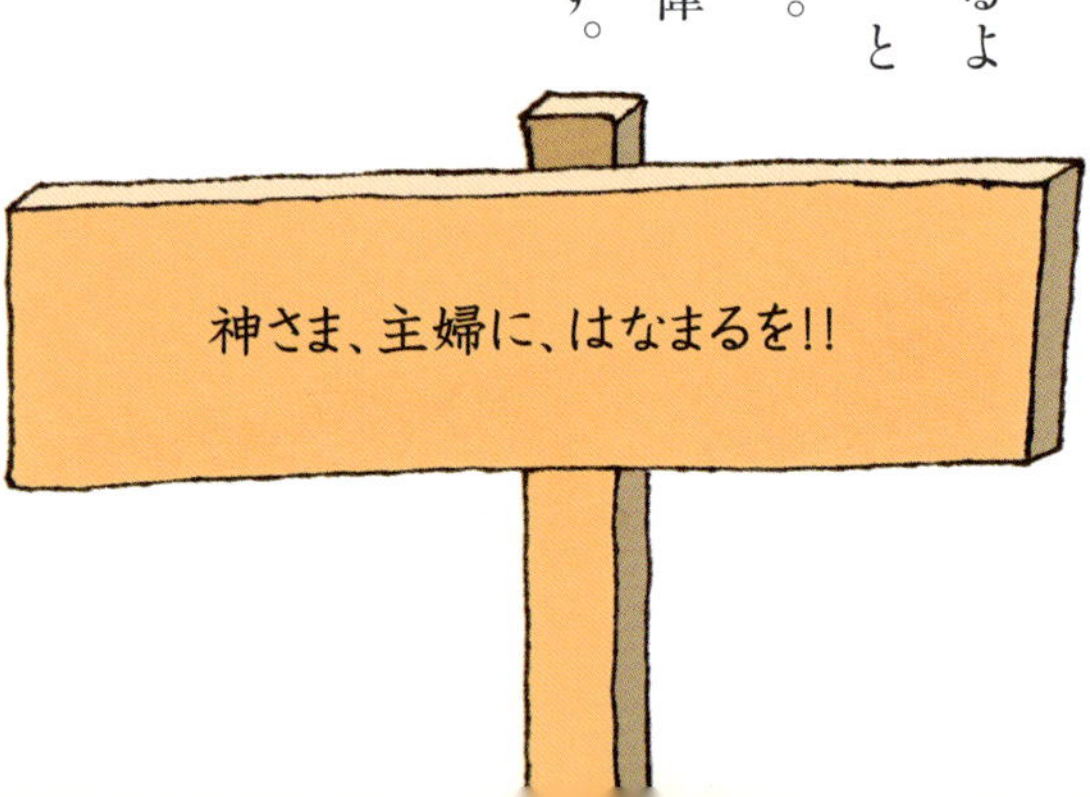

NICE BODY

作詞　秦典子

わかっているけど　やめられない　この生活
そして知らぬ間に　鏡の中で　たるんで来てる

オニク
見たくない
アゴの下も
二の腕も
下っ腹も
こんなはずじゃなかったと
ウォーキングにスイミングに　ダンス教室

スロースロー　クイッククイック　頑張るわ　頑張るわ
その気になって　イケてるわ　イケてるわ
夏が来るまで一ケ月　なんとかしなくちゃ

わかっているけど　続けられない　まめな手入れ
そして知らぬ間に　鏡の中で　増えてきてる

コジワ
見たくない
口元にも
目元にも
眉間にも
こんなはずじゃなかったと
蒸しタオルに　ビタミンC　顔の体操

あ・お・い・う　頑張るわ　頑張るわ
やる気になって　イケてるわ　イケてるわ
同窓会まで3週間　諦め無いわよ

たるみ　むくみ　くすみ　あ～あ
嘆くだけじゃ　なおらない
出来ることから　一つずつ
前向きに　チャレンジしましょう

バタフライ　バタフライ
マッサージ　マッサージ
今さら遅いよなんて　あなた　言わないで

だから今日も　そして明日は
この頃若いじゃないかって　言わせてみせるわ

娘のスカートはけるまで

まだまだイケてるわよ・・・ダーリン

下っ腹のオニク、わかっているけど

鏡の前で……、うう、やっぱり太い。この鏡、太く見えるのよねえ、と言ったってはじまらない。隣に来た娘は、実物と鏡と変わらない体積。やはり、私の実物も太いんだわ。

次に頭をかすめるのは、細かったときの自分。母などもう八十歳になるというのに、相変わらず、試着するたびに「昔はウエスト五八センチだった」と腰に手をあてる。女はいつまでもウエストのサイズにこだわるのだと思いつつ、母をながめています。

私も昔は幹（本体）は多少太めでも、枝（腕）は細かったので夏はご自慢でした。絶対に想定体重よりも少なく見えた。ノースリーブのときはちょっと自信をもっていましたっけ。

ところが〝売り〟の二の腕も没落貴族。下瞼《したまぶた》のようなものがついてしまった。むか～しの冷凍庫の万年雪とも言われています。

下っ腹。これはもう仕方ないの、帝王切開しているから……。ち、ちがう。そうではない。長年の姿勢の悪さですね。

巷《ちまた》に出ている書物によりますと、背もたれに寄りかかってはいけないそうで。これを書きながら思わず姿勢を正してみると、確かに下っ腹に力が入り、いい感じ。私、できる女？　という錯覚さえ覚えます。

が、これを座り姿勢のスタンダードにするのには、強靭《きょうじん》な魂が必要です。電車に乗る、美容室で順番を待つ、友人とコーヒーを飲む。常にこの姿勢で足も揃えて少々ななめに……、にすれば体つきも変わってくるはず。いや、性格も変わってくるかもしれません。「あたし～」と言わずに、「わたくし～」と話せるようになるかもしれません（そんなことはないか？）。

私の同級生、今でもすばらしい体型の彼女、顔もおそろしく美しい。その彼女に中三のときに言われたことがあります。

「授業中、そんな格好していると、歳取ったときお腹《なか》がでるわよ！」

はい、言うこと聞いておけばよかった……。

もう一人、友人でとても立ち姿の美しい女性がいます。彼女は胸も綺麗で、しかもいまだにそれを誇りにしています。すばらしい、この自信。あるときパーティで質問しました。ねえ、どうしてそんなにすっきり立っていられるの？　なぜ、ぼってりしないの？　彼女は、そっと教えてくれました。

「あのね、お尻にね、五百円玉を挟んだつもりになってみて」

あ、あなた、いきなり五百円玉を探しにいきましたね。あのう、つもりでいいんですよ、「つ・も・り」。この体勢にすると、お尻もおなかもきゅっとしまるのです。

どんな健康器具より「挟んだつもり」、このたった六文字がずいぶんシェイプを変えてくれるはずです。ただ、安易に手に入れられたものは大事にしないのが人間。忘れるのも早い。

さあ、みなさん、どこの通販でも売っていない「挟んだつもり」という言葉、ここでタイムサービス、今から一時間、無料にて進呈いたします。私、数年前に無料でいただいたのですけれどね、もう、使っていませんから、どうぞ。

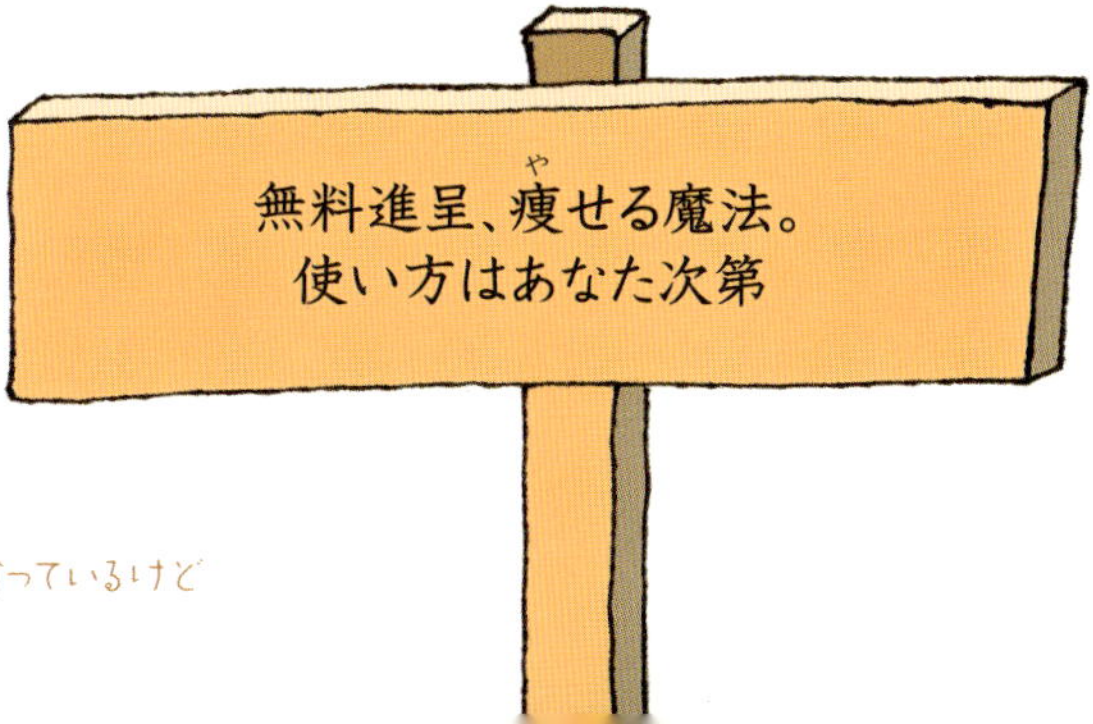

バーゲン・バーゲン

あ～女は
何でもかんでも
あの町この町
命がけだわ

バーゲンバーゲン
バーゲンバーゲン
バーゲンバーゲン

だって女は
夏物冬物
いかなきゃ損損
バーゲンセール

バーゲンバーゲン
バーゲンバーゲン
バーゲンバーゲン

待っていました
まだかまだかと
全品50%オフ
赤い数字が

眩《まぶ》しいぐらいに
ガラスの扉
そこらここらに
SALE

この葉書
思ってました

私を燃やす

磨かれた
押す日が来たわ
英語の文字
それはセール

帰ってからの
シールの下の
合計すれば
すぐにも言いたい

ちょっといくらで

楽しみは
ほんとの値段
大したもんよ
自慢したい

買ったと思う？

一年にたった数日の命がけ

昨日買っていたら七八〇〇円だった、たった一日の差で今日は三九〇〇円！　シメシメ……。この「シメシメ」にこそ明るい未来がある、そう、それがバーゲン！

一年のうちのたった数日間にかける一瞬の輝き、これこそ主婦にとっての生きる活力なのです。

安い分、他にまわせる、子どもに何か買える、もう一枚買える、外食に行ける、と次々と楽しさが膨らむ、これもバーゲンの魅力。

これが地域の災害避難訓練だったら、「暇がなかなかなくって〜」とか、「バタバタしてしまって〜」と言って参加しないのに。

バーゲンには家族のワードローブがかかっているので、全神経を研ぎすませて、馳《は》せ参じるって寸法。欲しいものがなくても、とりあえず行ってみる。行ってみたら何が必要かわかるんだから、行ってみるのです。

もちろん、そこまでの交通費などはあまり計算には入らないようになっています。たとえ、くたびれきってタクシーに乗ったとしても、それも別枠。

本来なら初日に行きたいところですが、そうはいかないのが世の常。つい最近まで、ウインドーに出ていたお気に入りの品が半額であればラッキー、でもだいたい欲しい色じゃない色だけが残っている、これもバーゲンの実態。ええ～～この色？　と思いつつ鏡の前で合わせてみる。

一緒に行った友人やお店の人に、「普段はお召しにならない色ですか？あら、結構お似合い」と言われて心は動く。でもやはりあの色がよかったなあ。じゃ、他のものも見てみるか、となったらすでにあなたはバーゲンの渦《うず》に巻き込まれてしまっています。

お目当てのものはすでに記憶の遠い彼方。そういえば、これ、高いから諦《あきら》めていたんだったと余計なことまで思い出し、子どもの帰宅時間に合わせて帰るはずなのに、まあなんとかなるさとタイムリミットはどんどん延び始める。

手に入れたら身につけたいのは人の常。褒められたいのは主婦の常？

家族に賛同してくれる人がいなければ誰かとおランチして、品評会のスタート。本当は夫に褒められたいけれど、この定価と買値のギャップを褒めたたえ、センスのうえから言っても、購入品の価値がわかる人に、絶対びっくりしてほしい。

そう、「ええ～?! 信じられない～～。やっす～い」。この一言が何といっても聞きたいのです！

「あら、似合うわ」よりも、「え？ 安すぎる！」の一言が聞きたい。似合っていても似合わなくてもコストパフォーマンスの高いものを見つけたというところを、誰かに認めてほしいのが本音。

いくらだったかではなく、「定価からどれだけ崩れているものを見つけたか」を誰かに驚いて賛美してもらえることが重要なのです。

「いいものを、いかに安く買えたか」

この実感をかみしめて、次のバーゲンに鼻息を荒くするのです。

たかがバーゲン、されどバーゲン
戦利品をもっと褒めて！

あなた探して

いままでずっと　くらしてきたわ
どこへ行くのも　あなたがいたわ
すずしげでつめたいそんなあなたに
朝も昼も夜も　たよってた

なぜなの　いきなり姿をかくした
訳を言って　あやまるから　なんでもするわ

どこどこどこどこどこどこどこよ～
かぎかぎかぎかぎかぎかぎかぎよ～
これがなきゃ　これがなきゃ
これがなきゃ　これがなきゃ
家でられない

あなたに小さい　プレゼント
こころをこめて　つくったの
きらりとかがやく　そんなあなたに
ぴったりビーズのキーホルダー

なぜなの　とつぜん　どこかへいった
わたしは　たしかに　ここへおいたの

どこどこどこどこどこどこどこよ〜
かぎかぎかぎかぎかぎかぎかぎよ〜
これがなきゃ　これがなきゃ
これがなきゃ　これがなきゃ
車うごかない

どこどこどこどこどこよ～
かぎかぎかぎかぎかぎよ～
これがなきゃ　これがなきゃ
これがなきゃ　これがなきゃ
家でられない

鍵はどこへ消える？

いったいどこへ行ってしまうんでしょう？　困ったものです。我が家には、いたずら好きな座敷童《ざしきわらし》のようなコが住んでいるに違いない。そう、それ以外に説明がつかない～！

さっき置いたはずの鍵。

車を降りて、玄関入って、荷物を降ろして、それで……。どこに置いたっけ？

足取りをたどる、記憶をたどる、荷物のなかをさぐる、ポケットをひっくり返す、一度なかを確かめたバッグを振ってみる（カチャカチャ言ってくれぇ！）、無言のバッグにがっかりしながら、「ま、いいさ、家のなかにあるんだから」と言い聞かせ、探すのは後にする。

大わらわで夕食の支度をし、子どもを叱り、そうっと探し始める。何気なくモノをどけて、ときには呼んでしまったりして。「鍵〜」なんてね！

「また探し物？」

そう家族に言われても、「別に……」という顔をするか、または「そうなの。助けてよ〜」と開き直る。

まあ、こんなことを繰り返している人の家族はもう慣れたものですから、決してあたふたしません。は？　そう。私の家族はこのグループに所属しております。

自分がしょっちゅうモノをなくすことはわかっているのだから、「もう少し気をつけたらいいものを」とモノをなくさない人は思うはず。ところが、そうはいかないのです。

理由その1・大事なモノはなくしてはならない！　と思うからこそ、しまい込む。こっちにしまおうか？　いや、こっちの引き出しに……、と慣れないことをするものだから、しまったところを忘れてしまう。結果的には、「欲しいときにモノが出てこない」。

理由その2・これは最近発見した理由。大人ではありますが、このようなモノの置き場の記憶がなくなりがちな人は、子どものような心を持ち合わせているのです。ちょっとしたことでも、興奮してしまうのです。

駐車場に車を入れる、あの無感情な「駐車券をお取りください」に迎えられても、これからの楽しい買い物、待ち合わせが頭を駆け巡り、興奮状態に入るのです。そしてその受け取った券は、手からどこかに移ったとしても意識のなかにないのです。バッグにしまおうと、ドアポケットに入れようと、そんなことはポップコーンのように弾《はじ》けた頭には、弾かれてしまう。

家に帰ったときも、無事に帰ってきた、まずはトイレに入って、一服して……。そうだ！　冷凍食品は最初に冷凍庫に入れてっと、その行動がイカンのです。と思ってもあとの祭り。車の鍵は、どこかに無意識のうちに置いている。

こんな状態が数十年続いている人は、私以外にいるのでしょうか？　いや、いるはず。

でも、私は思うのです。どこになにがあるか、全部わかったら何だかつまらない。人生には無駄もひつよう！

「はい、ここ」「これはあそこの棚」「あれはこっちの引き出し」なんて、機械じゃないんだから。

ああ、でも家族から「ものには限度がある」と言われるに決まってます。この本が出たら。

探しもののない人生なんて、
つまらないわ！　とは言いませんが

黒のタートルブルース

友達と　お茶をして　何気なく寄った　ショッピングモール
ふと立ち止まり　あなたは言った
「ねえあのブラウスお買い得！」
続けて言った　その一言に　私の心は　動いたわ
「あなたにきっと　似合うわよ。
ねえちょっと　はおるだけ　はおってみたら？」
鏡の前で　あなたは言った
似合う似合う10歳は若く見えるわ。
気がついたとき　私はすでに　おつりと紙袋を抱えてた

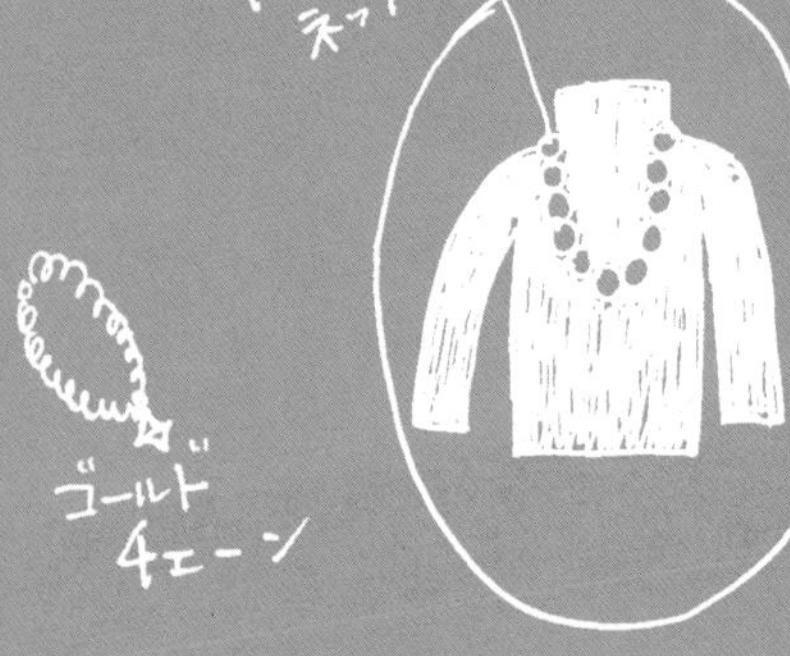

あくる日は　参観日　さっきのブラウス着ていこう
どのスカートに　合うかしら
しまったこまったしまった　あれもこれもそれもどれも
ミスマッチ　ミスマッチ　このブラウスに合うスカート持ってない
ミスマッチ　ミスマッチ　結局今日も無難な黒のタートル

母に頼まれ　つきあった　有名ブランド大売り出し
ここのセーター　いつも高いの　こんなお値段信じられない
母はいった　痩せて見えると　おまけに利口そうに見えるって
あら、あの人も狙ってる　取られるのは悔しいわ
買うしかないわ

家に帰って　だんなに見せた
あなた今日　これ買ったの安かったのよ
なんだおまえ　それよりも　黒のタートルのほうが
ずっとぐっとどっともっと　似合ってる　似合ってる
上品に見えるし　汚れも目立たない
似合ってる似合ってる　結局今日も無難な黒のタートル

衝動買いはやめましょう　着ないならバザーにだしましょう
アクセサリーをちょいとすれば　黒のタートルは超便利
柄物はやめましょう　太ってきられないのあげましょう
そうよスカートはグレーにして
結局今日も無難な黒のタートル
金か銀か真珠つけりゃ　これでばっちり

なぜか小顔に見える、黒のタートル

あ、あの人も、この人も！　冬になると、あちこちで発見。

何かの集まりがあると三割は必ず着ているアイテム――それが黒のタートルネック。おしゃれに見える（？）秋冬の必須アイテム――それが黒のタートルネックなのです。顔も小さく見える！　うふふ。

黒のタートルネックの最大の功績は、安心感。痩せて見える。いつもよりスマートに見える（はず）。失敗がない。「これなら大丈夫」と。

着ているだけで自信をもつことができる、こんな気持ちにさせてくれるアイテムが他にあるでしょうか？　できる女にも見えるか?!

学校へ出向くとき、いつも行くスーパーマーケットより2ランク上のショッピングに出かけるとき、友人と一〇五〇円のランチをするとき、これに真珠や金のチェーン、シルバー（プラチナの振り）のチョーカー。しかも、汚れが目立ちません。

やっぱり最高！　これが白のブラウスだったら大変。汚れの首輪が、着ている本人をがっかりさせるのであります。「私って、こんなに汚いの？」。美容室に行って、衿《えり》にタオルをまかれたその瞬間……あ……このブラウス衿の状態はどうだっけ？

でも黒のタートルなら、シャンプー台でも大丈夫。メーカーのタグは衿を折り返すことによって見えてしまうという覚悟はしておきましょう。

ここで提案が一つ。黒のタートルのボトムにはグレーのスカート、黒のパンツ、これも普通にカッコイイと思いますが、ベージュのキャンバス地の長めのスカートを、本当のキャンバスにしてしまうことをお勧めします。

そこに絵を描く画家!? は、もちろん我が子。アクリルペイントを渡し、好きに描いてもらう。大人は口出し無用。「この辺にほら、くまちゃん、描いたら?」なんて言わない。絶対に言わない。

するとね、芸術品ができるのです。幼稚園児だった我が子たちは、布の上で色を混ぜてた。唖然《あぜん》……普通やらないでしょう、あ、こんな色になった〜と言いながら、パレット代わりにしていました。もちろん色を混ぜすぎて、なんとも言い難い色になってしまいましたが、なかなか芸術であります。

ブルーのキャンバス地のものには、海の中を描いてと頼みました。裸の私が泳いでいます。

どこへいっても大絶賛していただけるご自慢の品で、しかも半永久的に子どもの絵をとっておけるし、その時の彼女たち、私の心境が、今でも自分の周りをまわるのです。ああ、幸せな気分。あ、話がそれた。黒のタートルね。

黒のタートルには、日本人がいまひとつ使いこなせないブローチも、また子どもが必死に作った手作り風首飾りもよく映えます。木製の三八〇円のカラフルなゴムびよんびよんネックレスも、ちょっといびつな特製ビーズ作品も暗闇にうちあがる花火のようにに美しいとわかるのです。

そういうわけで、今年も大活躍してくれそうな黒のタートルネックを着て、自信をもって出かけましょう！

冬の主婦のドレスコードはそう、
黒のタートルネック。あったかいしね

あなた　どちら様

作詞　秦典子

まあ　お久しぶり
ごきげんよう
お変わりなくていらっしゃる
って一　あなた一体全体どちら様？
さっぱり見覚えのない顔に
心の中は汗をかく
ニコニコ笑顔作りながら
相手の顔を観察する

お嬢さん大きくなられたんでしょう　ね？
って一　あなた娘を知ってる訳ね
ますます混乱する頭に
追い打ちかけて話される
適当な相槌打ちながら
ありったけの記憶呼び起こす

ご実家お引越しされたんですって
って一　そんなことまで知ってる
あなたは　どちら様？
まるでホラーの世界だわ
知らない知らないどうしよう
学校関係　元職場？
それとも元ご近所

この際だから勇気を奮って
ところであなたどちら様？
やっだーアタクシ高橋よ
お忘れなの？　鈴木さん

あっ　鈴木って誰？
鈴木って誰？
私　鈴木じゃないわ
そんな人知らない

あー鈴木って誰よ
私じゃない
あら？　私　どちら様？

心の中で、汗をかく

うわっ、前から歩いてくる人、誰だっけ？　どこかで見たことはある。

ううう、どこだっけ？

ありったけの記憶を呼び起こし、頭のなかでシミュレーション。決して、その人には気づかれないように。

ええと、思い浮かべる。学校の教室、保護者会の役員決めの春の日……、ちがう！

三年前まで住んでいた集合住宅、一階下に住んでいた人たちは？

ちがう。ちがう。

え？　近所の酒屋さん？

ちがう。

あっれ～？　誰だっけ?!

家のなかで何かを取りにほかの部屋に行ったのに、その取りに行ったはずのものが何だったか忘れてしまう、それと同じくらい困った現象。自分がもっとも信用おけなくなる瞬間でもあります。なんて私、当てにならないの?!

決して人嫌いなわけではありません。むしろ愛想がよすぎる、調子がよすぎるゆえに、肝心の名前を上の空で聞いていることが多いのかもしれません。

そのくせ、自分の名前を思い出してもらえない逆の立場になれば「失礼な！」と憤慨してしまう。たとえ漢字が一字ちがっていても、読み方がちがっていても、「いいえ！　私は△△です!!」と思いっきり言いたくなるのはなぜでしょうか？

私の名字も時々間違えられます。「ソウさん（奏でるという字と間違えている)」「タイさん(こちらは安泰の泰と間違えている)」と言われた日には、鬼の首でも取ったように「ハタです!」と、やけにはりきって抗議するのであります。変なの。

かくいう私も、「服部」をどうしても「ハットリ」と読めずに、「フクベ」と読み続け、服部さんに抗議されたことがあります。でも、どうしても納得いかないので(あれでハットリと読むのはおかしいと決めてかかっていました)、何度もフクべさんとしつこく呼んでいました。本人が違うと言っているのに、かわいそうなことをしました。中学一年のときのことです。

思うに、記憶力は覚える気があるか、ないかだと私は思います。すべては自分が相手に対して何か興味をもったか、もたなかったかによるのです。

「前に会ったとき、自分の好みのセーターを着ていた」

「やけにご主人が私好みのハンサムだった」

「息子とも彼ともいえない微妙な人と歩いていた」

「普段は綺麗にしているのにそのときはスッピンで、しまったというような顔をした」などなど。

何かしら「思うこと」があれば、誰といつ会ったかは思い出せるはずなのです。


できればどんな意味でも、「あの人、誰だっけ」と必死に思い出したくなる、そんな人になりたいと思います。たとえそれが変な理由でも。

「ほら、あのスーパーで会った人、どなただったかしら。スカートに、ほら、洗濯のタグついていた人。ねえ、誰だったかしら?」

それでもいい。「どなたか思い出せないわ、それより、ほら、ティッシュ買わなきゃ」と雑貨に話題を取られるよりも、ましだと思っています。

ほら、スカートに
洗濯のタグついてた人、
誰だっけ?

必勝

PART 2

家事を征するものは、人生を征す

ロシアより〝もったいない〟をこめて

作詞　秦典子

チンしたまんま忘れ去られた　温めなおしの昨日のおかず
レンジの中で怪しい臭い
もう一回チンすりゃ殺菌できる？　Ｈｅｙ！
あ～おいしかったのにぃ～もったいないないない……
ピピピと呼ばれたらすぐ食卓へ　Ｈｅｙ！

限定１００個の文字に踊らされ
ネットで買ったお値打ち食パン
厳選素材に天然酵母　もったいつけて食べてたらカビだらけ
あ～必死で買ったのにぃ～もったいないないない……
得したつもりで損してる

家族全員さわぎに巻き込んで　有名大学入ったはいいけれど
息子はバイトに合コンばかり　学校の場所さえ忘れてる
あ〜学費がもったいないないないないない……
この際資産家の嫁つかまえて

急な坂道ころがるように　失われていくお肌の水分
アンチエイジングクリーム買って
夜な夜なすり込んだら若返る？　Hey!
あ〜高かったのにい〜もったいないないないないない……
人さし指だけつるつるになる　Hey!

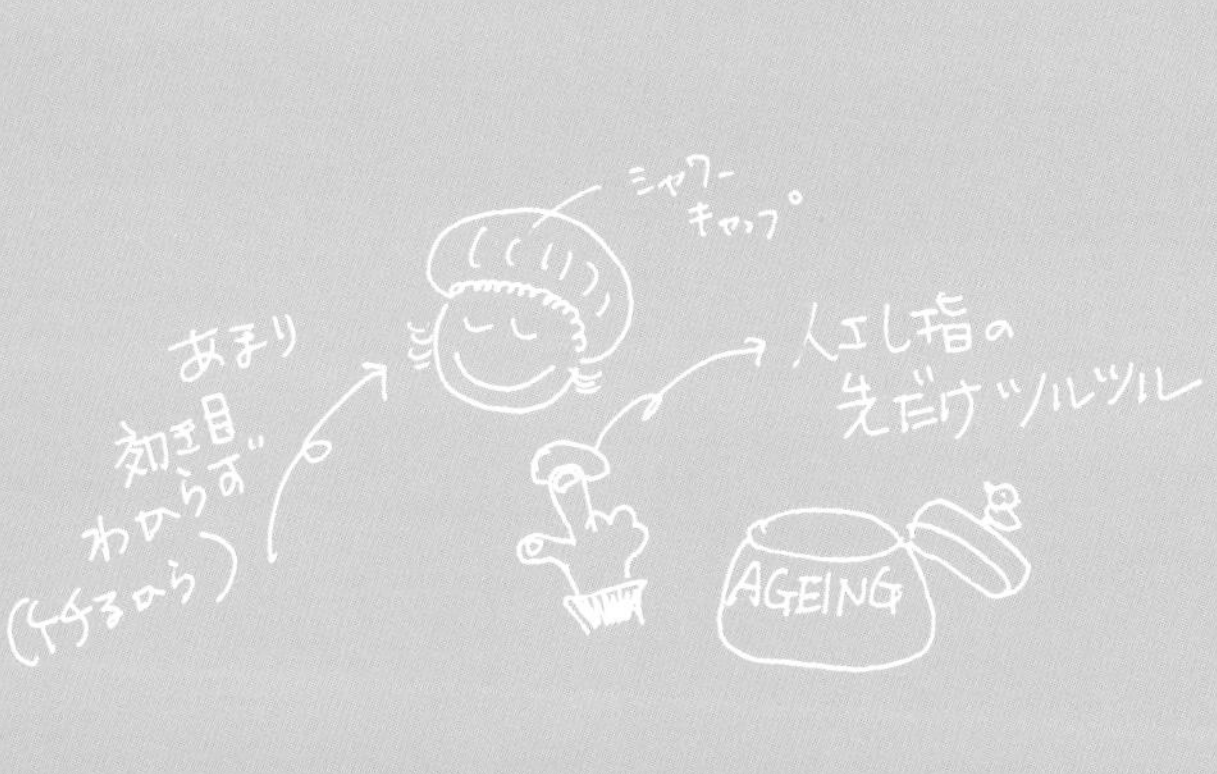

覚えたばかりの凝ったお料理　フランスワインも用意して
普段にしちゃきれいめに化粧をして
あなた、今日は何の日だっけ？　Hey！
あ～あなたには～わたしはもったいないないないない……
結婚記念日ぐらい覚えてなさい！　はい！

それでも主人にひげをのばさせ
よく見せようとブランドジャケット
無理やり連れて試着させれば　うそでしょ？
袖たけこんなに切るの？　Hey！
あ～チョイ不良《わる》になりきれないないないない……
あ～切った生地がもったいないないないない……

あ～あなたには～私は本当にもったいないないないな～い
もったいない　Hey！

電子レンジのなかの置き忘れ

アフリカの女性の一言が世界を救う?! 当たり前にこの言葉を使っていた我々は、まったく気づかなかった！ 他の言語にないなんて。

何てもったいない!!

元祖「もったいない」の日本人としては少し前の、モノを大切にしていた頃に戻ってみてもいいかもしれません。

でも今さら、八百屋さんで水に入った樽からモヤシを引き上げてもらうことはないでしょうねえ（若い方、ご存じですか？ 昔、大きな樽にモヤシは水に浸《つ》かって入っていたのです。そこにホースがつっこまれていて、いつも新しい水が注がれていて、それを八百屋のおじさんがわしづかみにして袋に入れて売っていたのです）。

進歩してしまった事柄を元に戻すことは、若返ることと同じくらい難しい。「便利」が、「昔のやり方」に取って代わるのに時間はかかりませんし、そこに産業が生まれて、雇用が発生し……となれば「ビニール袋がなかった時代に戻ろう！」といっても無理な話ですね。

「ご飯粒、残してもったいない」
「お水出しっぱなしもったいない」
この手のもったいないは、日本人なら一度は聞いたことがあると思います。

が、この曲に出てくる「もったいない」は、大きな声で公然と言えない「もったいない」です。自分のプライドが許さない、ある程度予測ができたのに、やはり……と思う悔しさや、認めたくないが認めざるを得ない「もったいない」です。

チンする時間はほんの少し、でもその間にもほかの用事をすまそうという、主婦の涙ぐましい仕事ぶり。おお、主婦の鑑《かがみ》！　のはずが、その無駄をなくそうと思う行為が、新たな無駄を生んでしまうこの矛盾。電子レンジのなかの置き忘れは、その次の食事の支度で発覚。ううう、冷蔵庫のなかで生き残ってきたのに、何というもったいない。そう、再び温め直して食べようとする敗者復活戦に勝ったにもかかわらず、日の目を見ない。ああ、もったいない。

学生証をもつことが目的で大学に入学した息子は、月謝の五分の一も勉強せず、高いお顔用のクリームのはずが、「あなた、この頃手がきれいになったんじゃない？」と言われる始末。もったいない。

そして、覚えていてほしいと思いつつ、覚えていないに違いないという妙な自信がある結婚記念日。その気持ちの振れ幅に酔って気分が悪くなり、とうとう訊《き》いてしまう。

「あなた、今日は何の日だっけ？」

ソファにゴロンとなり、新しい洋服にも気づかないで寝ている。

「やはり、この人には私はもったいない?!」

そんなこんなの「もったいない」は、世界的に市民権を得ないだろうけれども、主婦の我々には毎日やってくるもっとも身近な「もったいない」であります。

さあ、洋服ダンスのなかの、痩せたら着ようと思っている洋服を置いてあるスペース、もったいないですよ！　わかっちゃいるんですけどねえ、なかなか収納の達人のようにはできませんよね。

一番もったいないのは
兵器にお金を使うことじゃないのかなあ

迷うわランチのABC

ABC　ABC　迷うわ、ランチのABC
ABC　ABC　迷うわ、ランチのABC
ABC　さあ　あなたはどれにする？

値段で選べば　やっぱりA（ポークジンジャー）
カロリー低いの　お魚B（白身のムニエル）
デザート・コーヒー付きなら　C

ここのお店　シャレてるでしょ
おトイレがまた　凝ってるの
今に　きっと　雑誌にのるわ

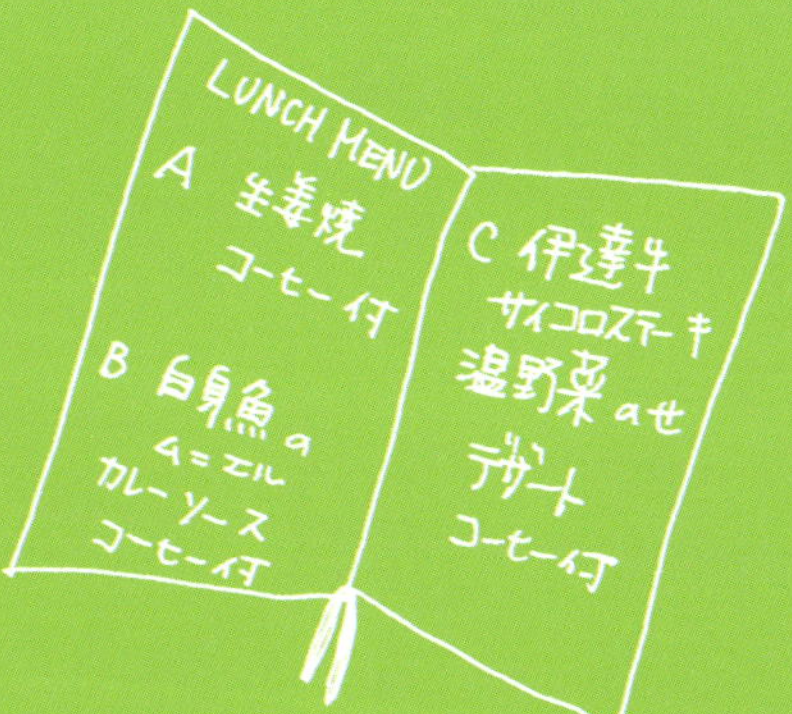

ＡＢＣ　ＡＢＣ　迷うわ、ランチのＡＢＣ
ＡＢＣ　ＡＢＣ　迷うわ、ランチのＡＢＣ
ＡＢＣ　さあ　あなたはどれにする？

こんにちは　さあ　奥へどうぞ
なんだか　お得意様気分
ここなら　長居ができそうね

月末ですもの　Ｃはきついわ　でも私だけ
コーヒー・デザート　ないなんて淋しい
私もＣだわ

ＡＢＣ　ＡＢＣ　迷うわ、ランチのＡＢＣ
ＡＢＣ　ＡＢＣ　迷うわ、ランチのＡＢＣ
ＡＢＣ　さあ　あなたはどれにする？

いよいよ来ました　美しいデザート盛り合わせ
こんなにいっぱい食べられないわ、あら、食べちゃった

これだけしゃべれば　喉がかわく
セットのコーヒーお代わり自由でありますように

ごちそう食べたら眠くなる
夜のごはんは茶漬けに決めた

ところで私の旦那様
今日のお昼はなんですか？

終わりのないメニュー決めの旅

考えなくていい、作らなくていい、かたづけなくていい！　おお、これこそ主婦の最高のよろこび?!

「今日はランチ」これに心躍らない女性はいないはず。

「考えない、作らない、かたづけない」うう、これに限る！


なんてったって毎日毎日メニューを考えるのがコトです。テレビの料理番組を見たり、インターネットで調べたり、最近はゲーム機を頼りにしちゃうなど、新メニューを取り入れる手段はどんどん広がっているのに、「夕食のメニューを決める」という根本的動作が面倒なのに変わりない。

「あら、私、工夫して料理するのが大好き！」という、片方しか吊りのないデザイナーっぽいエプロンドレスを着こなす研究家症候群の方々には、想像がつかないことでしょうねえ。

でもね、終わりのないメニュー決めの旅に、嫌気がさしている人は多いはず。家族の好き嫌い、スーパーの安売り商品、そして調理時間と前日の献立を総合的に判断して考えて出す「本日の夕食の献立」は、難産になると、七転八倒、身悶《みもだ》えします。

だからこそランチ（主婦同士で集まることができるのは必然的にランチになる）は大きな意味をもってくるのです。

何といっても、自分でメニューを考えなくてすむ。ポイント高し。お金さえ出せばよりどりみどり。家族で出かけるときと違って自分の行きたいお店を主張できるし、経費も自分の分だけですむ。食べたいもの＝食べられるものというわけ。もちろんお値段との相談はあるものの、選択範囲は広いわ、工程を考えなくていいわ、たまりません。頼めば出てくる。しかもお皿を洗わなくてもいい。そのまま食い散らかしたままでいいのです。

おお、なんということでしょう！


うう、最高。ランチ。


そして、なんといっても楽しみなのが、ＡＢＣのメニューの選択です。

もちろん、Ａから安い順番になっています。安くてもそれが好きな場合には、迷う必要なし。周りの人がＢを頼もうと、私はＡと言い張ることができる。

問題は予算的にはＡなのに、すごくＢが食べたいとき。Ａは自分の得意料理、しかも昨日作ったわ～なんてときは、Ｂに心を奪われます。

選択基準ははてしなく広がる……。千円札一枚ですむか、どちらがカロリーが少ないか、どちらが食べやすいか、はたまたデザートがついているか。

もちろん、一品多いCを頼むことは滅多にありません。一応「おいしそうだけれど、こんなにいただけないわ〜」と宣言する、が実際は最初から候補に入れていません。もちろん本音は「食べたいのはやまやまだけれど、た、高い！」。

A「生姜焼きランチ」、B「白身魚のムニエル　カレー風味ソースがけ　サラダ付き」、C「伊達牛サイコロステーキ　季節の温野菜、デザート付き」ど、どれにしよう?!

そうです、夫が立ち食いソバを食べている頃、子どもが給食に群がっている頃、奥さま方は上げ膳据え膳のランチを今日も召し上がるのであります。

値段で選べばA、
でも食べたいのはB、
奮発してCにするか

レジ待ちの列

作詞　秦典子

たとえ列が長くても　私は迷わずそこへ並ぶ
ベテランの顔なじみ　慣れた手つきで仕事している
ここは進みが速いのよー（はや〜い〜）
レジッ　レジッ　レジッ　レジマチのレ〜ツ

右はロール紙交換（交換）　左は卵の交換（交換）
この列だけが順調だわ　してやったりとほくそ笑む　いア〜
レジッ　レジッ　レジッ　レジマチのレ〜ツ

自分の番が来るまで　前の人のカゴ覗いてみる
大根ごぼうにこんにゃくー　私も入れた広告の品

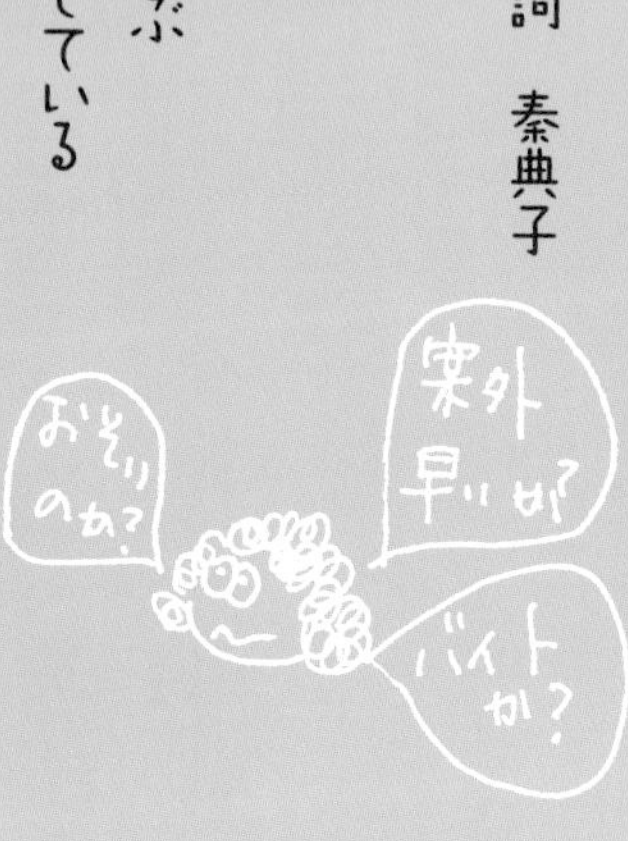

豚肉2パック500えーん(やす〜い〜)
レジッ　レジッ　レジッ　レジマチのレ〜ツ

さては今夜はトン汁(トン汁)　刺身で一品ごまかす(ごまかす)
私もその手をよく使うわ　何処も同じとほくそ笑む　いア〜
レジッ　レジッ　レジッ　レジマチのレ〜ツ
他人の生活わかるのです

一円玉は用意しておきましょう
ややこしいもん買うのやめましょう
何でこんなにイラつくのかしら？　普段はこんなにせっかちじゃない
こんなに性格悪くない

クローズしていた端のレジ　開いた途端に皆なだれ込む
得意そうな顔してるけど　よく見たーんさい胸のプレート
「パート研修中」って書いてあるー（のろ～い～）
レジッ　レジッ　レジッ　レジマチのレ～ツ

皆さん考え　浅はか（浅はか）
元の列にも　戻れない（戻れない）
バーコード入力もたついている　ホラやっぱりとほくそ笑む　いア～
レジッ　レジッ　レジッ　レジマチのレ～ツ

やっぱりここが一番速い　あと一人でもう私の番
そのとき突然思い出したわ　牛乳入れるの忘れたことを
汗かきダッシュで取りに行く（すいまっせ～ん～）
レジッ　レジッ　レジッ　レジマチのレ～ツ
レジッ　レジッ　レジッ　レジマチのレ～ツ
すいません　すいません　通して下さい　すいません

スーパーにはドラマがつきもの

みなさんのおなじみのスーパーは、どこですか？

普段のお買い物、食料品に日用品、まとめていろいろ買うことができて、しかも買わなきゃいけないことさえ忘れていた品物の名前を、陳列棚を見れば思い出すことができる……となればスーパーの右に出るものはないですよね。


女性にとってスーパーは、着るものを買うほど楽しかぁありませんが、それでもまったく知らなかった新商品を見つけたり、コマーシャルで盛んに流れているものと初対面したり、結構楽しめるものです。

あら、こんなに味のバリエーションが出てたの？　今ならおまけ付き？

一〇％増量？

こういうリアルタイムな商品情報はスーパーに行かないとわかりゃしません。

いろいろカゴに入れて、さて、いよいよレジへ。そこにはドラマがつきもの。どこのレジに並ぶか……。ここからがショーの始まりであります。狙い目は当然列の短いところ、でも、短くたって、前の人の商品がてんこもりじゃないかどうかは要チェックですよね。ここまでは予測がつく。

速いと思ったレジが遅くなるのにはいろいろな理由があり、歌詞のようにロール紙交換、レジの締め、おつりの補充、予想に反するレジの「ちょっと待った！」には頭を抱えます。

私は地元の「スーパーカメヤ」が好きでした。レジの人とは顔なじみ。三列どこに並んでも速い。しかも今時珍しく袋詰めをしてくれます。つまり最初から最後まで、とても平和な気分で買い物ができます。

たとえ何か入れ忘れて取りに行っても、誰も文句なし。あら、奥様どうぞ、どうぞ……。でも残念なことに、このご時世でシャッターが下りてしまいました。とても残念。

スーパーの中のスーパー、大型店舗ではこうはいきません。

レジ係の方もいろいろ。「テキパキ」していることを誇りにして楽しそうな人、愛想はないがやけに手の速い人。バーコードに品物を掲げる角度に自信がある人、カゴに入れるときにまるで立体パズルのように上手に入れる人。今日はどんな人だろう？　顔も特徴も覚えていられないので迷います。

自分の番がくるまでは、当然前の人のカゴをのぞいて献立チェック。はは～ん、とお顔までのぞいちゃう。家族構成まで考えちゃう。そうこうしているうちに自分の番。が、ここでなぜ、ここで、思い出すのか?!　あ、あれ、入れるの忘れてたあ！

忘れ物って、今ならどうにかすれば間に合うかもしれないってときに思い出すものですよね。さあ、いよいよ次ってとき、または自分の番になったとき頭をノックするものあり。

「卵買うって言ってませんでした?」

それ! 後ろに迷惑をかけながら、「すみません、ちょっとごめんなさい」。そおっとお腹ひっこめて通り過ぎて、すり抜けたらダッシュ!! 待たせているのだから銘柄など言っている場合ではないのに、そこでも迷う、どっちにしようかなあ〜?

日常にだってハプニングはある。それを楽しく感じることができるか、「まったくっっっっ!」と感じるかはその人の気の持ちよう。レジ占いとでも称して自分のその日の運をレジ係のあたりはずれに託すのも一興かと存じます。

今日のあなたの運勢は?
レジ占い、してみませんか?

いただきます　ごちそうさま

木の実は木の実　さかなはさかな
野菜は野菜　パンはパン

あなたが　どんなものを　大事にしてるか
ほんの少し　少しだけ　わかる気がします

海のかみさま　山のかみさま
こっちを向いて　おじぎをしてた

こんなに沢山の　いのちいただいて
一生懸命　生きなけりゃ　ばちがあたります

あなたの腕と　ほのおと塩が
すべての物を　よみがえらせる

いただきます　ごちそうさま　こころから
いただきます　ごちそうさま　こころから

ありがとう　そろそろアレを作る季節

山の神さま
海の神さま
ありがとう
PAN
Ninjin
SUZUKI
Shitake
WAKAME
NIKU
EBI FURAI

お皿の上の妖精たち

とあるレストランに行きました。そこで数日後、ピアノを弾くことになっていたので下調べに。

ピアノはアップライトかグランドに決まっていますが、場所の雰囲気は知っておきたい、そう思ったのでした。

ランチなら値段もこんなものだろうと予想して行ったらメチャクチャ高かった。はあ？？？ これ、ホテルのディナー並み。でも仕方ない。入ってしまったのですもの。もちろん、メニューを見て「あら、私の好きな料理がないわ！」とごまかして出ることもできたでしょうが、その日はできなかった。偵察だから。

友人からいつもランチ時はマダムでいっぱいだと聞いていたのですが、

なんとその日は、その店に私一人だったのです。たった一人。

あ、そうそう、私は結構一人が好きなのです。一人で食べるとよく味がわかる。だから、一人でレストランって好きなのです。

だけど、いつも混んでいると有名なこの店がなぜ？　ま、仕方ない。帰るに帰れず、一人で座りました。静かなレストランにＢＧＭ。でも、私しかいない。で、頼みました。

「あのう、ＢＧＭ消してもらえませんか？」

そうしたら、料理をする音が聞こえてきたのです。楽しそうな音でした。それだけでうれしくなってしまった！


出てきた料理はどれも産地と仲良しという味でした。山の味、海の味がしたのです。里の味もしましたし、どれも「大事に大事に作られた味」という満足感が、皿の上にのっているかのようでした。

私は小さい頃、布団のなかには妖精が住んでいると信じて疑わなかった。時々来る怪獣や悪い奴らから、私が首の周りがあかないように布団をしっかりかけることで妖精を守ってきた。そして布団のなかでは、妖精たちが私を守ってくれていると考えていました。そのときの妖精が出てきたのです!!

お皿の上でこっちを向いて、「山から来ました、よろしく!」と言っているようでした。

私はこれほど大事に、食材を思ったことがあっただろうか? とドッキリして、この曲ができました。この妖精たちの挨拶を無駄にはできないと思い、この曲ができました。

「ありがとう、ごちそうさま……」、そう思って作って食べることは大事だと思います。

出費は痛かったけれど、思わぬ発見に心があたたかくなる一日となりました。そのときに、シェフに約束したことを、まだ守っていないのです。この曲を録音してもってきますって。すみません。

食卓にこの妖精たちが現れるように、子どもたちにそれが見えるように、食事を作りたいものです。

あなたへ

いつも同じ子守うた　手を引いて渡った道路
ちょっと甘めのカレーライス　空までゆれてたブランコ
新学期の名前書き　夏休みの自由研究
遠足のお弁当　大げさな欠席届
朝日に洗濯物　鼻歌まじりお買いもの
夕日がさせば食事のしたく　時々割れる皿の音
来てくれた参観日　出席しないクラス会
家族のために運転免許　舅や姑と同居

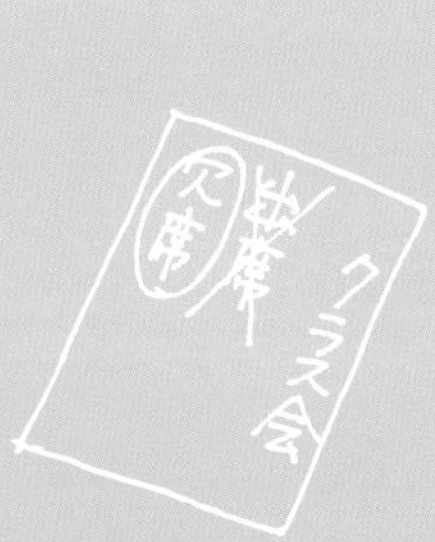

母の日じゃなくても　誕生日じゃなくても
あなたにいつも　あなたにいつも　あなたにいつもありがとう
夜中まで待っていた　忘れもの届けてくれた
寝ずに看病してくれた　ゴキブリを見事叩いた
感謝の日じゃなくても　敬老の日じゃなくても
あなたをずっと　あなたをずっと　あなたを思っています
見てみぬ振りをしてた　とことん反対してた
しぶしぶ賛成してくれた　幸せ祈ってくれた
海で命をもらい　田畑で命をそだて
野山で命ゆずりうけ　町では命をまもった

母の日じゃなくても　誕生日じゃなくても
あなたにいつも　あなたにいつも　あなたにいつもありがとう

とてもマネはできない　とてもお返しできません
せめてこの歌　せめてこの歌　あなたにささげます

あなたの娘で良かった　そう私が思うように
私を産んで良かったと　思ってくれれば嬉しい

あなたをずっと　あなたをずっと　あなたを思っています

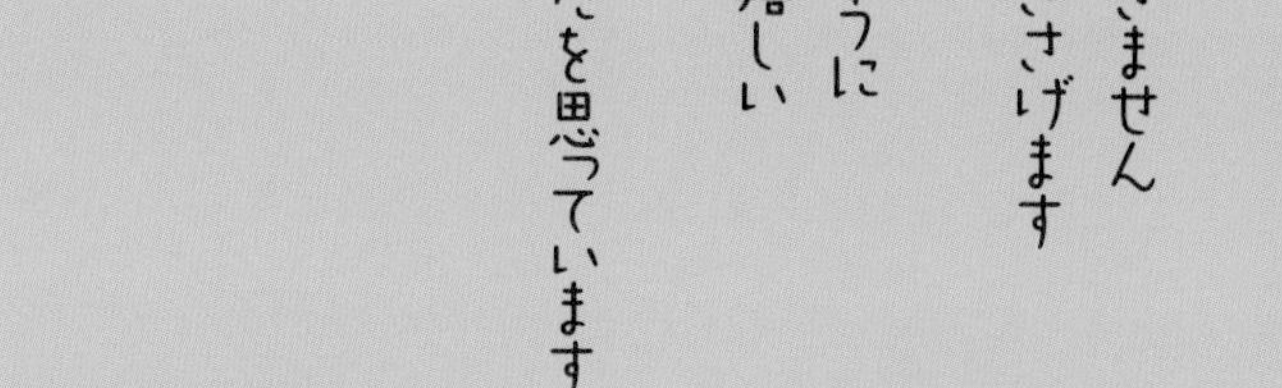

「ありがとう」の結晶

よく子どもを産んで初めて親のありがたみがわかると言いますが、子どもの存在など頼りにしなくても、年を重ねていくうちにおわかりになる方もいらっしゃる。

が、が、私は二人の娘が家族になってから我が母に対しての気持ちがとてもハッキリしました。母親というものは筆舌に尽くしがたい。うう、何と言ったらいいのでしょう……これほど報われることを期待しない自分がいるなんて思ってもいませんでした。

うう、なんでもやってあげちゃう……これは決していいことではないので、余計に難しい。母親って……まったくねえ。

私の母は八十でありますが、正直母が八十歳になるなんて思ってもいませんでした。年は一年たてば一つずつ増えていくのが当たり前ですが、母が八十歳になるなんて。

彼女はなんてったって器用な人で、手編み、機械編み、洋裁、和裁、刺《し》繍《しゅう》、なんでもござれでした。通学は制服でしたがそれ以外はみんな手作り。昔のセピア色になってしまった写真を見ても、母の手作りの洋服に、手作りバッグ。手袋もセーターもみんな彼女の作品でした。凝った模様を見ると挑戦したくなるらしく、これでもか!! という作品をいっぱい作ってもらいました。

デパートに行ったときの口癖は「こんなの、すぐ作れるわ」。洋服の裏をひっくり返しては「作り」を見てましたっけ。手仕事はなんでも得意、年をとってから始めた折り紙もすぐ上達、モラという南米のマイナーな手芸にも凝りました。

その母は長いこと、姑に仕え、秦家の運転手としてアチコチに出没し、活躍してきましたが、もう一つ大事な役目を担っていました。それは私の専属「遺失物拾得係」であります。

私は忘れ物、なくしものの王者（女王？）でありまして、やれ、あれがない、これがない、と騒ぐ。

モノをどけて探さない私は、口で騒ぐだけ。「あ〜ない、困った、ない、あ〜どこいった？　ない？　ない！」。ところが、彼女は視覚的記憶力がすさまじくよろしくて、ああ、それならあそこにあった、ここにあったと探し出してくるのであります。驚異的。でもそれもこれも、娘のためなら、という思いの表れなのかもしれません。

そんな母に、そしてアチコチにいらっしゃる日本の「お母さん」に捧げて作ったのがこの歌です。どんなコンサートでも歌っていますが、その度に一行一行、「あなたのお母さんはどうでした？」そんな思いを込めて歌っています。なかなか言えない母親への「ありがとう」の結晶のようなものですね。

今、母は左手で習字をしています。左利きの方ならおわかりだと思いますが、あの毛筆は内から外という動きからできていますから、左手による習字は本当に大変。でもそれを彼女は「もしかして簡単なんじゃないの？」と思わせるほど上手く、しかも進歩しているのです。八十になっても進化するってすごいですよね。はい、母の母、つまり祖母も百歳をとうに過ぎましたが、元気です。

観察力のするどい母には今でもかないません。

「あなた、この前もそのブラウスのボタン、下から二番目、かかってなかったけど、今日もそうね、もしかしてボタン、取れているんじゃないの？」

は、はい、その通りでして。

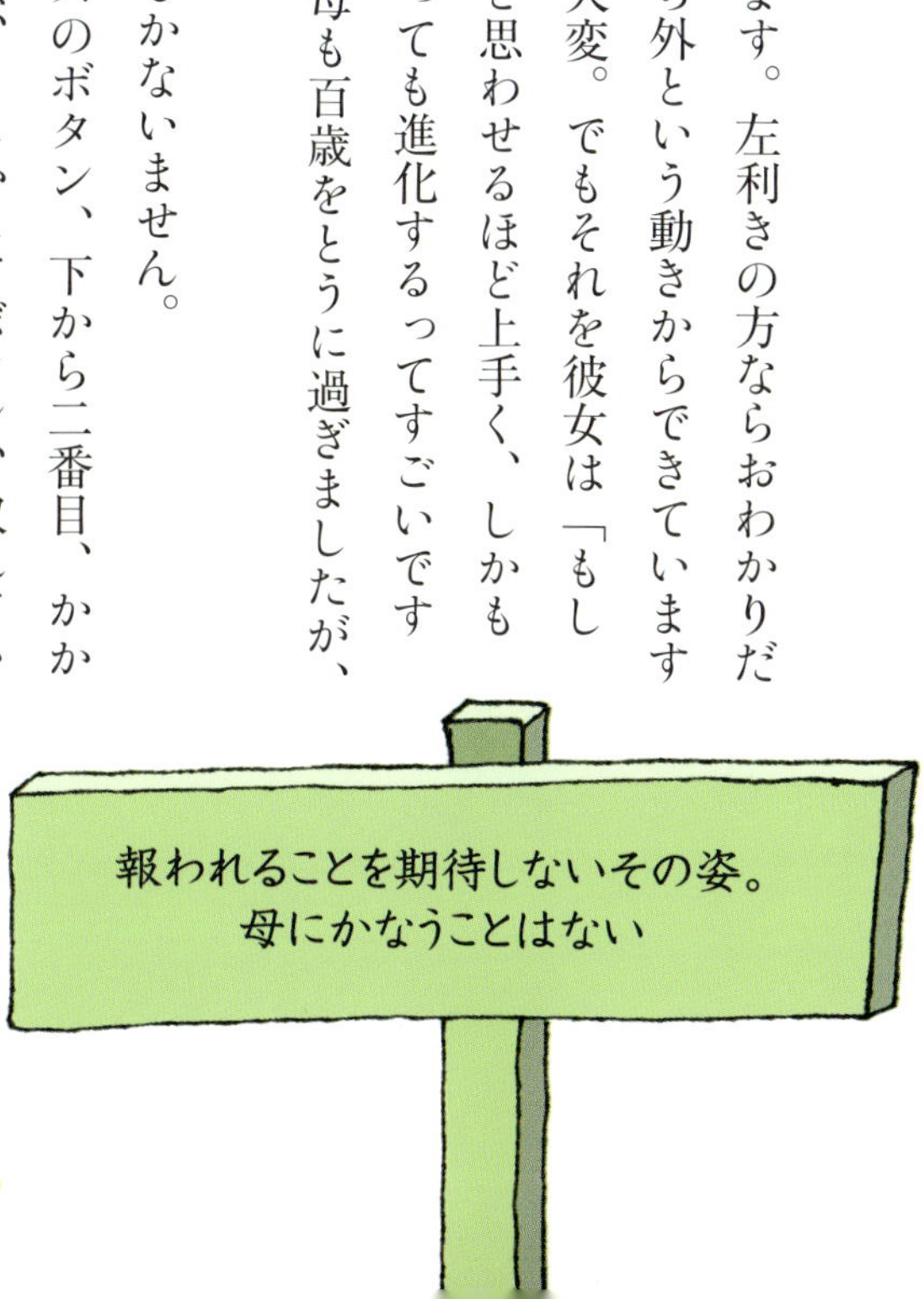
報われることを期待しないその姿。
母にかなうことはない

そろそろ

天気がいいから　空を見ておもった
いまごろ何している？　洗濯はしてる？
受話器をとって　かけなれた番号
あの部屋でベルが　響く音を見る

すごく元気よ　問題ないわ
そういう声に　何かを感じる
なにがあったのか　教えて欲しい
気になってます　そばにいないから

なにが困るって　倒れちゃ困る
倒れて骨を　おったら困る
だれが困るって　私が困る
とんでいけないから　気持ちが困る

すぐにもいきたい　一緒にしたい
夏物冬物　いれかえはすんだ？
そろそろ　あれをする季節
そろそろ　アレを作る季節

おでかけ装い　チェックできないわ
外に出てますか？　歩いてますか？
たまにはこちらに来てくれませんか？
勝手に遠くに来た私のところに

振り込み詐欺には　気をつけてね
私決して泣き声を　だしたりしない
こっちの母は　絶対平気
だってつよいもの　しっかりしすぎよ

なにが困るって　倒れちゃ困る
倒れて骨を　おったら困る
だれが困るって　私が困る
とんでいけないから　気持ちが困る

すぐにもいきたい　一緒にしたい
夏物冬物　いれかえはすんだ？
そろそろあれを　する季節
そろそろアレを作る季節

遠くにいて思うこと、近くにいて思うこと

近くにいると「放っておいてほしい！」、遠くにいると「手伝ってほしい」と思うのが母親です。

十六歳の二人の子どもをもつ五十三歳の娘に、八十歳の母は顔を見れば、「早く行きなさい」「お風呂入っていけば？」「明日何時に起きるの？」と。ありがたいことではありますが、これが毎日となると「うるさ～い！」ってなるのですよね。本当は感謝すべきなのにね。人間って本当に勝手だと思います。

母と長く一緒に住み、いまでもとても近くに住んでいる私とは違って、遠く離れて住んでいらっしゃる方には、きっと風や空気やふと町で見たものが、お母さまを思い出させるのかもしれません。

あ、この感じ、あのときの朝と同じ匂い……。そういう日には、電話にかぎりますね。あ、メールの方もいらっしゃるでしょうね。

その風が吹いたってことは、お母さまに連絡しなさいってお天道様のシグナル。電話で耳をすませばわかります。元気なふりをしているのか、本当に元気なのか、声ならすぐわかる。なにせ何十年も一緒に過ごしてきたのですから。

離れていても傍《そば》にいても心配なのは同じ。いつまでも元気でいてほしい。

さて、みなさんのお母さまは、今頃何をしておいででしょう?

柿を干している、漬け物をつけている、果物を収穫している、趣味の歌の発表会の大詰めを迎えている……。きっとお母さまの手や表情とともに思い出す、実家の季節ごとの「行事」があるのではないでしょうか? お彼岸のおはぎ作り、毎年手伝っていたおせち作り……。今は兄嫁さんがその役目をしている? お母さまは、ここに娘もいたらと思っているはず。

ねっ。

　私が母と毎年その季節に必ず行なってきたことはいろいろありますが、二年前まで母が一人で行なっている秦家の大事な行事、それはお雛さまを飾ること。私と同じ年のもの、母と同じ年のもの、祖母がつくった木目込みのもの、などなどを母が一人で飾っておりました。

　このお雛さまの前で何度ちらし寿司をいただいたことでしょう。一番上にのっていたサヤエンドウがなつかしい。お祭りが終われば、嫁に行き遅れるからと必死にしまっていた母でしたが、あまり関係なかった。

　お雛さまにも少しひびが入ってきたようです。でも、ずっとしまわれているよりは幸せなはず。数十年前娘だった私にも、ひび（皺）が寄ってきたのですから、気にしない、気にしない。お雛さまも母に出してほしいだろうなあ、あれだけ大事に扱っていたのだもの。

お雛さまの季節。
なつかしい風が吹いたら
電話してみましょう

あなたの

あなたの　香りやにおい
あなたの　声やそのしぐさ
あなたの　まなざしやせきばらい
みんな　私の一部

あなたの　口癖やなみだ
あなたの　だんまりや好きな本
あなたの　ひげそりやあのタオル
みんな　私の一部

私の一部になってるあなたは　どこにいても　どこにいっても
みえない、きけない、ましてさわれない　だけど私の一部

あなたの　時計やメガネ
あなたの　かかとのへり方
あなたの　煙たそうな眉毛も
みんな　私の一部

あなたの　好きな番組
あなたの　ひいきの野球チーム
あなたの　いつかいってた言葉
みんな　私の一部

あなたの一部になっていたいと　私はいつも思ってる
見えない、きけない、ましてさわれない　だけど私の一部

私の一部になってるあなたは　どこにいても　どこにいっても
見えない、きけない　ましてさわれない　だけど私の一部

おやじの歌

あるときライブに来ていた父に「おやじの歌はないのか？」と言われて、夫という立場に対しての歌はあっても、父親に対しての歌はないことに気づきました。

さて、いざ書こうと思っても、うちの父はちょいと変わっているため歌にしにくい。いえ、私だけが楽しむ歌ならできますが、みなさまに共感してもらえるような曲にはならないのです。はい。

父のエピソードは数々あります。小学校一年から高校二年まで作文を私の代わりに書いてくれたこと、電池の＋と－はどこが違うのかと質問すれば、内緒話のように、あたかもここだけの秘密だぞというように「＋をさわってみろ、びりびりっとくる、―をさわってみろ、ピリピリッとくる、そこが違うところだ」と言ったこと。渋滞に巻き込まれれば、「お前、フランス人なら何と言うか知ってるか？　エレ　コンディア〜ンって言うんだぞ、ドイツ人はな、ダス　コンドルって言うんだぞ」って。

一時が万事この調子ですから、友人、仲間には引っ張りだこであり、我が家でも冗談のレベルはぴか一であり、おだやかで、機嫌が悪くなったこともありません。

そんな父のよさがわかったのは、私が年を重ねてからで、小学校のときなどはなぜ、ほかの家の「お父さん」と違うのだろうと首をかしげておりました。

頭のなかの「父親像」は、昔のテレビドラマに出てくる「山村聰」。丹前を着て、書斎にいて、そこへ新しい辞書が欲しい私がノックして入る。

「お父さま、お願いがあるの」

「何だ？」

「新しい辞書が欲しいのだけれど、買っていただけるかしら？（もっているお盆の上にはどっしりとした湯のみ茶碗に好みのお茶が）」

「まあ、入りなさい……」

これが私が世間一般に思っていた「父親像」であります。それとあまりに違う父は一般的じゃなさすぎる。

というわけで、父の歌は後回しになり、祖父への曲に鞍替えになってしまいました。でもお客さまの中には、「とうとう、秦さん、ラブソングを書いたのね」と勘違いされる方もいらっしゃる。あえて否定はしておりません。

初の内孫だった私は、祖父の膝《ひざ》の上が大好きで、一緒にこたつに入り、みかんを食べながら時代劇を見ていたことを思い出します。今でも着物姿のお年を召した方を拝見すると、祖父を思い出します。あの散歩に連れて行ってくれた暑かった日の、空気や二人の影と一緒に。

この曲は、大事な人であるけれど、もう手の届かないところにいる人を思う歌だと考えてくだされば十分。昔無名だった頃から応援していた大スターでもよし、結婚する前につきあっていた彼氏でもよし。

　想いはふとしたときによみがえります。毎日頭のなかに持ち続けているわけではない。何かの拍子に、アラジンのランプのけむりのように立ち上ります。音楽を聞くと、その当時の匂い、雰囲気、相手の言った言葉まで思い出すことがありませんか？写真アルバムを開かなくてもね。

ふとしたときによみがえる。
いま、手を握れたらなあと思う人、
いますか？

あ〜あなたって

作詞　秦典子

ねえどうして　朝はなしたこと　覚えてないの？
今晩カレーにするって　言ったはずじゃない
玄関入るなりこう言うの
「何だよーカレーライスが……昼食っちまったよー」
ああー、あなたって　ああー、あなたって　ああ、あなたってー

ねえどうして　娘に厳しく言えないの？
「ブランドの財布なんてまだ早い」って　言うはずじゃない
結局最後はこう言うの
「よしわかったわかった　パパが買ってやるよ」
ああー、あなたって　ああー、あなたって、ああー、あなたって

ねぇどうして　電話一本 かけられないの？
一緒に食べようとお腹すかせて待ってたんじゃない
飲んで帰ってきてこう言うの
「おまえ、遅くに食べるとまた太るだけだぞ」
あぁー、あなたって　あぁー、あなたって　あぁ、あなたってー

ねぇどうして　すぐに私に伝えないの？
今更掃除片付け間に合わないじゃない
直前になってこう言うの
「そーいやーおふくろ　今日くるって言ってたぞ」
あぁー、あなたって　あぁー、あなたって　あぁー、あなたって

ねえどうして私の日常に興味がないの？
だからあなたに内緒で衝動買いしちゃうんじゃない
そういうときに限って目ざといの
「何だよ その派手な服！　年考えろよー」
ああー、あなたって　ああー、あなたって　ああー、あなたって

でもそんなあなたにソ10年
連れ添ってきた
ああーあたしって

野を越え山越え、夫婦道

どうして、こうなるの?!　だって人種が違うんだもの、としか言いようがない。なぜ、こんな人と結婚してしまったのでしょうか?

神さまは結婚する前に魔法をかけて、世の中でいちばん合わない人と恋に落ちるように仕掛けをしていると、聞いたことがあります。

そのいちばん合わない人と、野を越え山を越え、工夫をして生きていくようになっているとのこと。なるほど、やけに説得力があります。

男女で考えが違う、思考回路が違うということは今になってわかりますが、つきあっている間にはわからないことになっている。または気づいても何とか調整がつくと思い込んでいます。が、そうはいかない。つまり予定通りにはいかないのが人生。

言ったはず！　返事もしたはず！　なのに、聞いていないんです、うちの夫は。

プライオリティーがまったく違う、お互い人間が大きければ笑い話ですむでしょうが、凡人はそうはいきません。

最近では、いろいろなかたちの夫婦がいますよね。

でも、妻が仕事をもっている、もっていないにかかわらず、夕食作りは妻の役目という家庭が多いのでは？　この献立を決めるのがいかに大変かは、ほかの曲でも述べましたが、いろいろな条件に適ったその日の夕食をやっと決めて（ここで労力の半分を使う）作ったにもかかわらず、食べるはずの夫が帰ってこない。しかも電話もない。

働いている方はほとんど携帯電話をもっている昨今、かける暇がなかったというのはいささか理由に無理がある。要はかける気がない、そんな小さなこと、していられるか！　ということではないでしょうか？

なぜか毎度毎度忘れてしまう（説得力がない理由！）、かけてもかけなくても同じだと思っている……、などなど理由はいろいろあれど、こちらが「あ〜あ、せっかく作ったのに」と思う機会の多いことったら?!

もちろん、こまめに「駅に着いた、ご飯何？　楽しみにしているよ」なんてメールをくださる夫殿をおもちの方には、この話は無用の長物。どうぞ飛ばして読んでください。

所詮、違う生き物でありますから、
とことんわかるのには
300年ほどかかるでしょうね

PART 3

子育て、山あり谷あり

カカアイコ

カカアイコ カカアイコ
いとし こいし くやし なみだし
カカアイコ カカアイコ

カカアイコ カカアイコ
こぼす たおす よごす ゆるす
カカアイコ カカアイコ

カカアイコ カカアイコ
つらい ねむい おもい まよい
カカアイコ カカアイコ

カカアイコ カカアイコ
かばい まもり みつめ だまる
カカアイコ カカアイコ

子どもに言う「ごめんね」

これ、「母愛子」と書きます。ハワイアンで曲を作りたかったので、「お母さんは子どもが大好き」というフレーズをハワイ語で作ろうとしました。が、ハワイ語にしてみると全然曲のイメージと合わなくて。

自分で「なんちゃってハワイ語」を作成。それが「カカアイコ」。

子どもは常に親の感情を揺さぶり、それはいつも嵐のようにやってきては去っていきます。

あ、コップを倒した！　さあ、どうしますか？

何かの拍子に倒しちゃっただけ。だけど、よく怒っているお母さんがいる。「どうして倒すの?!」心の中をのぞくと「私の仕事を増やしたわね！」

と怒っている。「この忙しいのに、何しているの?」と怒っている。忙しいと、子どものうっかりが許せなくなっちゃうのね。だから、外出時間が迫っていると怒っちゃう、忙しいと怒っちゃう。これはお母さん自身の仕事が増えることへの「むかつき」だと思うのです。

そう考えると子どもを叱る機会はそう多くない。人さまにご迷惑をおかけしてしまったとき以外、あまりないと思います。

だからこそ、ここぞというときには叱ってほしい。でもご自分が楽しいときを過ごしているときは叱らない。お母さん自身の楽しみをなるべく奪われたくないから、騒いでいてもお菓子でつったりしてその場をごまかしてしまう。

泣いたらだっこして外へ出る。公共のところでは静かにするものである、とどこかでバシッと教える……、なんて光景、あまり見なくなりました。

私の基本、自分がされていやだったことは子どもにもしない。されたくないと思ったこともしない。すごく単純なこと。もちろん、個性が違うから、この方法ですべてうまくいくとは限りませんが私はこれが基本。
もう一つ、私が大事にしているのは謝ること。これ、母親になると結構難しいもの。『私が悪かったかも……』と思っても「そうか、お母さんが悪かった」と言えないのですよね。

怒りすぎたとき、自分が間違っていたと気づいたとき、懺悔《ざんげ》の時間は子どもたちの寝ている時間です。寝顔を見ながら、「ごめんね」。添い寝して、その子どもが寝返りをうって抱きつこうものなら、涙、涙であります。でも本当は起きている間に、ちゃんと謝りたい。ね。

子どもたちの気持ちのそばにいる、世間体《てい》や実体のない「みんな」や「一般的には」をもってこないで、じっと子どもの気持ちのそばにいる、そうありたいとこの曲をかきました。

我が子たちは十六歳の今でもブランコ好き、雲と話をしたり、空をじっと見ているのが得意な子です。物事をパッパとこなすことは不得意、一つ一つ大事に考えることが好き、「どうして?」はしょっちゅう。納得しなければ「そうかなあ~」と不思議がる子どもたちです。

「適当に」「そんなもんよ」ができない子たちだから、きっとこれから先「生きづらい場面」にたくさん遭遇することでしょう。

そんなとき、私はそばにいて、一緒に感じていたいと思います。

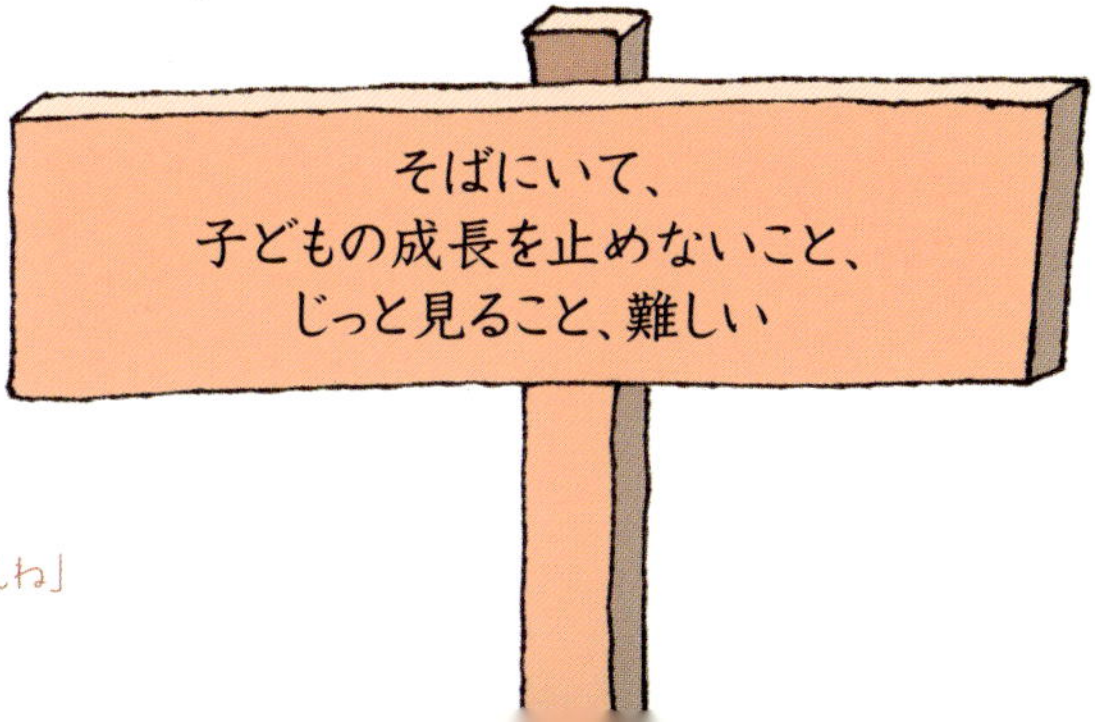
そばにいて、
子どもの成長を止めないこと、
じっと見ること、難しい

うちの娘 高一です

作詞　秦典子

うちの娘 高一です　はい　お察しの通り
学校のあといつまでたっても帰りません
「足チョーだるい—」ッて言いながら　今日も渋谷歩いてます
耳に3ツ目のピアスあけたいと　ずっとさわいでます

何を言ってもムダムダ　何をいってもムダムダ
彼女は何にも聞いてない

ハアー　ワンピースにパッチンどめの靴　似合っていた日々は今いずこ
それに戻れとは言わないけれど
もうちょっと何とか何とか何とかならないもの？

うちの娘 高一です　はい　お察しの通り
教科書忘れてもコスメポーチは忘れません
「眉毛チョーやばい」って言いながら　ずっと鏡見ています
昨日でテスト終わったから　メイクさらにはじけてます

何を言ってもムダムダ　何をいってもムダムダ
彼女は何にも聞いてない

ハアー　幼顔のスッピンで　絵本読んでた日々は今いずこ
それに戻れとは言わないけれど
もうちょっと何とか何とか何とかならないもの？

うちの娘 高一です　はい　お察しの通り
友達との果てしないおしゃべりが命です

「っていうかー」って言いながら　今日もコンビニ寄ってます
家の中でもケイタイ着メロが賑やかです

何を言ってもムダムダ　何をいってもムダムダ
彼女は何にも聞いてない　と思ったら
今日は私の顔をみて　じっと小言を聞いてます
やっとわかってくれたのね　やっぱり私の娘よね
でも話終わって言われました
「ママー、ママの化粧ダサくない？」　ハアー

ありえなくな〜〜〜い？

ティーンエイジャーともなれば親が理解に苦しむのはいつの時代にも「よくあること」かもしれませんが、あのけだるい、なんとも言えないイントネーションのしゃべり方で下着のような洋服を重ね着し、昔は靴下カバーといって絶対に外になんか履いて行かなかったようなものを、今ではパンプスの下に堂々と履いていたりする。あっついのにブーツを履き、寒いのにみっじかいスカート、もう少し上まであげたら？　というズボンに、トシをとったら腰が痛くなるわよ〜と言いたくなるサンダル、その爪でどうやってお米とぐの？　あら、とまらなくなってきた。

昔はスモックがしてある（シャーリングの刺繍版？）真っ白い襟のかわいいお上品なワンピースに、パッチンどめの黒い革靴を履いて「あ、ママ、電車」なんて指差していたものでした。ああ、それなのにそれなのに。

持ち物で一番大事なのはもちろん、化粧ポーチ。本当にそれ、使ってるの？　という代物まで蓄え、常にパンパン状態、それさえ無かったら通学バッグはさぞや軽くなるだろうと思いきや、教科書を減らして軽くしている。あ、そうですか。最初から友達に借りるつもり、見せてもらうつもりで勉強道具は最小限に。彼女たちの言葉で言う「ありえなくな～～～い？」(尻上がりで言うこと)。

勉強道具簡素化の中で唯一例外は筆箱。あ、ペンケースっていうんですか？　中身は筆記用具の嵐。匂いのあるもの、光るもの、隈取りできるもの、消えるもの、消すもの、目立たせるもの、まあ、ペンの見本市のような子もいますよね。で、いざ、親がシャーペン借して～なんて時に限ってなかなか出てこなくて、芯がはいっていなかったりね。そんなものです。

そんな彼女たち、もちろん、登校まえの最後の儀式は、鏡の前で前髪を二本の指でつまみながら、漫画の主人公のような理想の女子になるべく何回も何回も下に引っ張ること。歩いてたら、それ、きっと乱れるよ、無駄無駄、とは親の独り言。自分が産んだ娘、もともと可愛いんだから手をいれてもいれなくても、そんなに変わらない、とはこれまた親の独り言。しかしなぜアナウンサーもみんな前髪が同じなんだ？　これも独り言。その髪を固めるスプレーも、最後まで使い切らないうちに新製品買ったりして、洗面所は女性軍の小物で埋め尽くされる。

幼い子どもたちを見ると、ああ、あの頃、と空を見上げ、つぶやきたくなる。「ママ〜、このご本、もう一回読んで」のあの声がもう一度聞きたい。「ママ〜、あっち、あっち、ブランコあっち」と引っ張るあのぷくぷくの手が懐かしい、「ママ〜、ママのケーキ、いつもおいしいね」と、くわんくわんの口でほおばる笑顔が見たい、とまあ、こんな具合。

でもちょっと待て待て。その頃に戻りたい訳じゃないんです。またオムツの時代からはとてもとてもやりなおす気力も体力も残っていません。よくあと30若かったら、なんておっしゃる方もいらっしゃるかもしれませんが、私は嫌だな。たくさんです。

うちの子どもたちは、ちょいと変わっておりまして、親とはツーカーであり、どんな話題もさけて通ることはありません。性の話から差別の話、ですから実はコンビニの化粧品売り場もよく共にうろうろ。洋服の趣味も「ぐえええええ」ってものはないのでこの辺のバトルもなし。どくろマークのシャツも、牛さんのするような鼻輪も目にしていません。さあ、いつまで続くか、この関係。続いても、壊れても、「進化」と考えて受け入れようと思っています。さあ、今日も出かけようっと。駅の階段の下から独り言、言おうッと。「ねえ、鞄で後ろ隠すぐらいなら、長いのはきなさいよ!!」

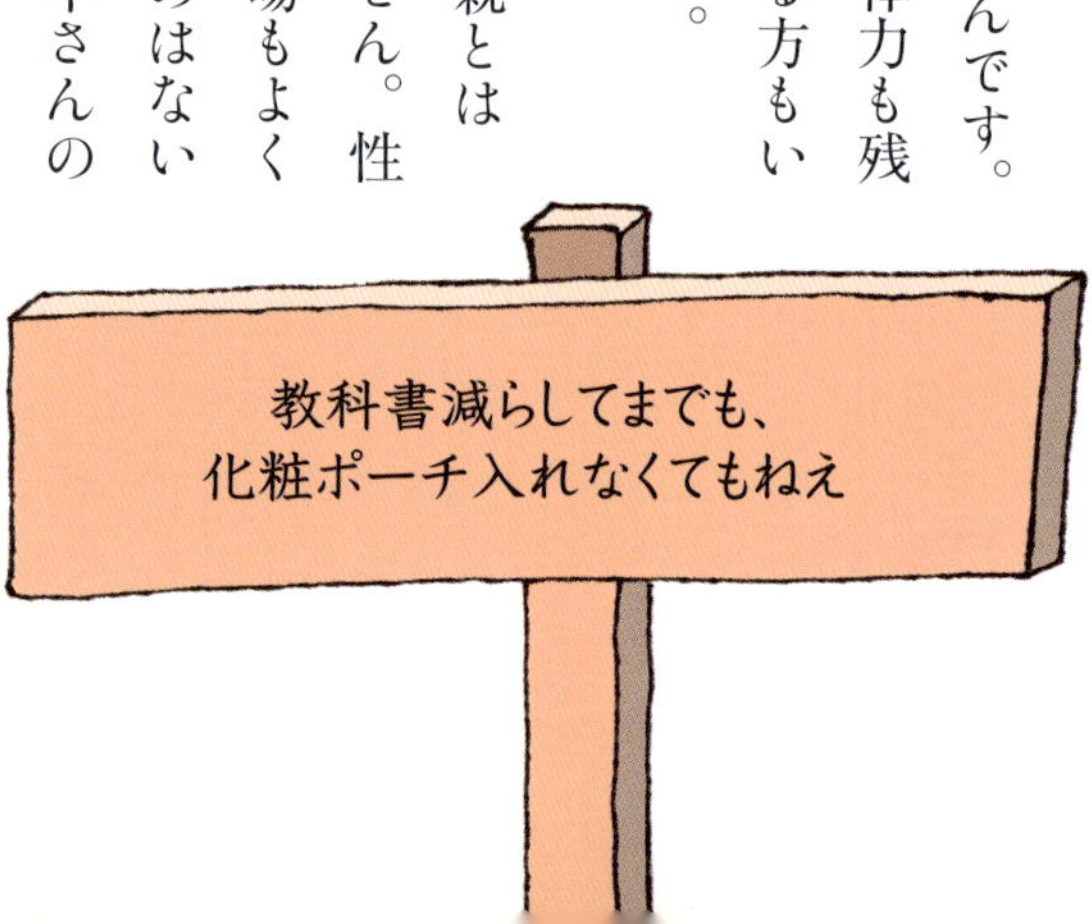
教科書減らしてまでも、
化粧ポーチ入れなくてもねえ

この息子

作詞　秦万里子　作詞補　秦典子

最初は夫が好きでした
最初は夫が命でした
そのうち夫はくすみだす
かわりに息子がひかりだす

夫のいびきは世紀末
息子の寝息は未来描く
しつこく呼ぶときゃ探し物
あの子には何度でも呼ばれたい

靴下臭くても
息子のは生きている証拠
部屋のにおいだって
むせるほど想いはつのる

海老フライ5本あったなら
3本息子で夫は2本
だれにもわからぬ　この想い
私のかわいい　この息子
私のいとしい　この息子

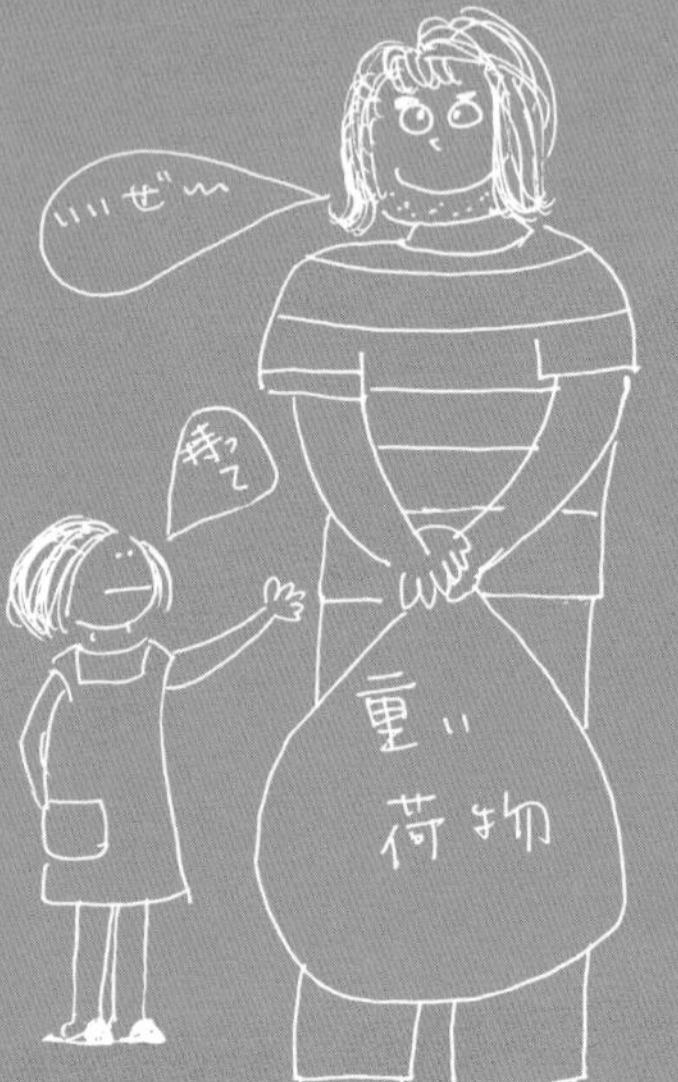

息子に、胸キュン

母親と息子の関係は、息子のいない私にはわかりかねます。が、どうも母親にとって息子というのは特別らしいということがわかってきました。

洋画では息子と父親の涙の物語が多いですが、日本では夫が嫉妬《しっと》するほど息子にお熱のお母さんが大勢いる。

女の子の親としては、こういう母親がついてくる男性とは結婚させたくない！　と思うのでありますが。少子化だしねえ。

息子が大きくなるのは娘が大きくなるのとは異質のもの。力も、体臭も子どもの頃とは比べものにならない。それが、母親心をぐっとこさせる原因の一つらしいのです。そこにうなずいている貴女《あなた》、子どもの話をさせたらとまらない貴女が見えますよ！

歩けるようになった、ひらがなを書けるようになった、この辺はまだ男女共通ですが、だんだん声変わりがはじまり、背がグンと伸び出すと、いわゆる胸がキュンとするような事件？　が起こるらしいのです。

母親である自分が開けられなかった瓶の蓋が彼には簡単に開けられる、届かない棚の奥にあるお鍋をいとも簡単に取ることができる……。

そこで母親はため息をつく。

「ああ〜たくましい我が息子」

電球をさっと取り替えてくれる、重たい荷物をすっと持ってくれる。

「ああ〜頼りがいのある我が息子」というわけです。これ、友人Ｋから聞いた話。

その点、女の子は同性ですから成長過程も想像ができる。だから「こんなものよね、その年になれば」とやけに冷静。

まあ成長とともに、洋服を買う店の好みが変わるぐらいでしょうか？あとはニキビを気にしはじめるとか？　ポケモンよりジャニーズが好きになるとか？　でも、そんなことに胸はキュンとしませんでしょう？

お皿を洗ってくれるようになっても、「そりゃあ、そのぐらいやってもらわなきゃ」と思うのが関の山、これが現実です。

ところが息子の場合は違うらしい。

「野球部で使用したユニフォームが臭くなる」「脱いだ靴下が異臭を放つ」「声が低くなる」「おふくろと呼ぶようになる」……。

母親にとってメリットが何もなくてもうれしくなっちゃうらしい。加えてぶっちょう面《づら》をしながら、「しょうがねぇなぁ」と重い荷物を運んでくれようものならば、天にも昇る気持ちになるらしい。いやはやすべてがドラマらしい。そうそう、でもね、これ兄弟が多いと、この手の感情は高ぶらないらしいです。はい。

少子化が進んでいる今、女の子の親のみなさん、娘が結婚したいと思う相手が、親にさんざん「胸キュン」を味わわせてきた息子ちゃんだったら、賛成できるでしょうか？

もちろん結婚したいという娘を阻止なんかできやしませんが、「おふくろが、ジャムの瓶の蓋、開けてくれって言うんだよ、だから、おれ、ちょっと出かけてくる」と言われてもビックリしなさんな、ぐらいは言っておく必要があるでしょうねえ。

産むなら息子？
こんなところに娘を嫁にやりたくないなあ

PTA　明

早退したいの　役員決めの日
仕事はせまる　どうするの？
このまま　バイバイ　あまりに卑怯

私が会長　やります　どうよ？
ハタさん　ほんとに　やってくれるの？
皆様、協力　約束してね

能ある鷹は　爪をほじくり
刺激し合って　自画自賛
かゆいところに　手が届き

つつき　冗談　言いあって
わらいころげて　このご縁
連絡事項は　一斉メール

この際　なっちゃえ　BEST　FRIEND
一家に一人は明るい母さん

入学式にはよってたかって
待ち合い室を飾りたて
ほめられたらば　いい気になって

運動会にクリスマス
バザーに誰かの講演会

学校大好き　あなたと私　校長　教頭　引き込みパーティー
みんなで笑えば福来る
PTA　PTA　PARENT　TEACHER
ASSOCIATION　×3

小学校に留年ないの〜〜〜？
PTA　PTA　PARENT　TEACHER
ASSOCIATION　×3

卒業するのはもったいないないな〜

一家に一人は明るい母さん

私やります！　ＰＴＡの役員

「誰もがＰＴＡ役員にはなりたくないと思っている」？

いやいや、できればやってみたい、という人もいると思います。私がもっと学校をよくしたい！　その旗ふりをやりたいという方、いるはずです。日本人だってリーダーシップにたけている人もいる。「一人一人違っていい」というのは、流行した歌にもあったはず。

けれど、「たいへん。あんなもの、なるものではない……」という声があちこちから聞こえてくるから、「私やりたい！」と言い出しにくいというだけなのだと思います。

「私、やりたくないのに、なっちゃった！」

このスタンスをとらないと役員というのは引き受けにくいという事実が

ある。「あの人、本当はやりたかったのよ」、これだけは言われたくない。

ふうむ、我田引水、村八分のＤＮＡなんでしょうかねえ。

要は本音をストレートに言い合うことができれば問題はないのです。ところが、みんなで腹のさぐりあい、目の前のクラス費で委員さんが揃えたお菓子と、ぬるくなった日本茶をうつろに見つめてしまいますよね。

そして、何気なく下を向く。

現役員さんから「○○さん、いかがですか？」という言葉がかからないように。

もちろん、頼まれたときの答えは準備万端。

「姑の病院の送り迎えがあります」「持病があります」「仕事があります」「小さい子どもがいます」「町内会の役員になっています」などなど。

結局「どなたか、いらっしゃいませんか？」のあとの沈黙に耐えかねた人か、なぜか忙しい人、または経験者が犠牲的に手を挙げて、「では～」

となり、閉会。

でも、「誰か推薦してくれればやったのに」と心残りの人がいるはず。

「あの人ができるのなら、私にだって」なんてね。

みなさん、やりたい人はやりたいと言いましょう！　と言いたい！　役員決めの日から数週間たった頃、

「実はね、ここだけの話……」っていうのはやめましょう。


さて、この「お役目」、私の場合には、ありがたいことにとても楽しい経験でした。会長をやりましたが、おかげさまですごく楽しかった。お引き受けした理由は、私がこの役員決めの会を早退しなければならなかったから！　間が悪く会長選出という段になって帰る時間となってしまったのでした。ここで帰ったらいかにも卑怯《ひきょう》。卑怯者になるなら会長で苦労したほうが少しは役に立つかも。おまけに子どもが二人も学校にお世話になっているし、せめてもの恩返しと「私やります!!」と帰り際に叫びました。

すると、普段から仲良くしていたお母さんたちがとても助けてくださった。そしてそれからの一年間、本当に楽しかったというのが実感です。しかも、バザーの売り上げも歴代最高を記録。ウヒョヒョ!!

「こんな楽しいお役目、私やります」「いえ、私が!!」と取り合いになるぐらいになったらいいのに……。

え? 今年立候補するかって? いいえ、しません。

「私仕事がありますから」?

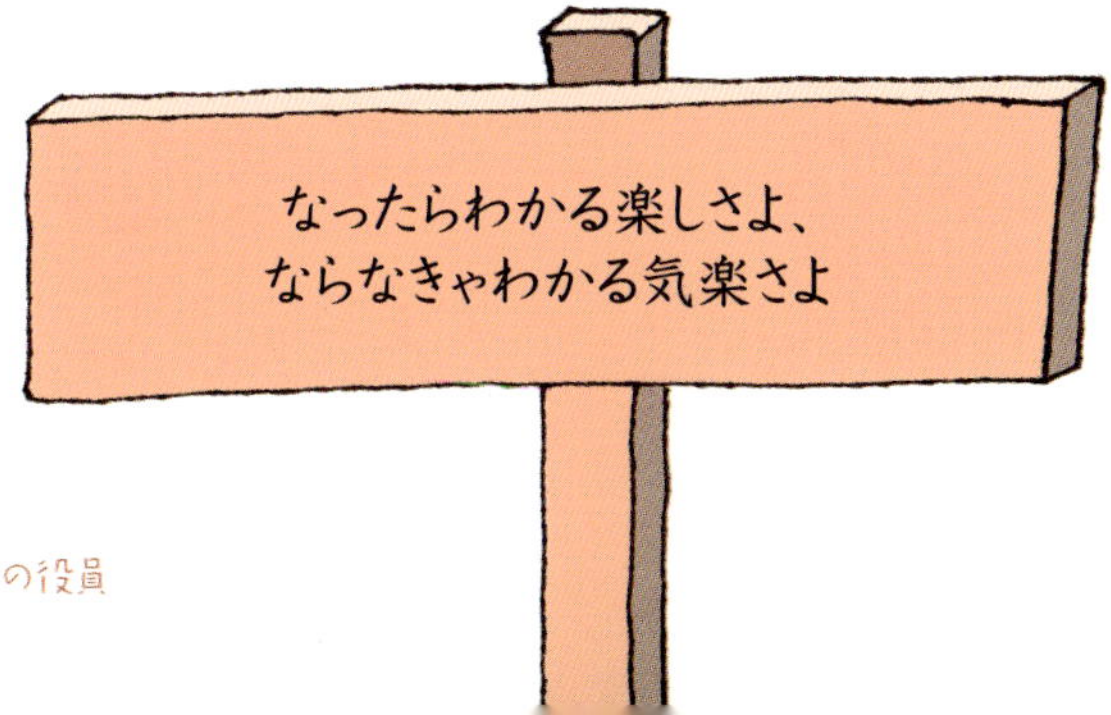
なったらわかる楽しさよ、
ならなきゃわかる気楽さよ

あの頃のラララ

あなたがいて　わたしがいた　あなたの子も　私の子も
あそこに住んでた　あの人も　そしてあの子も

お十時にはビスケット　おやつは手作りケーキ
行き交う人はいいました　あの人たちまだいるわ

桜がきれいでした　あなたたちは　小さかった
はき集めた花びらを　蹴散らし大きくなった

待ち合わせなどしない　携帯などない時代
それでもみんな知っていた　行けば会える

小さな優しさ見れば　素晴らしいと誉めたたえ
挺子《てこ》でもうごかぬ頑固見れば　頼もしいとまたほめた

はっぱがまもりました　あなたたちは走っていた
汗に濡れた黒髪を　涼しい風がかわかした

落ちて転んで飲み込んで　あわてた日々でした
あなたの一言に救われたのよ
投げて壊してけんかして　謝った日々でした
お互いさまがうれしかった

いちょうが見事でした　あなたたちは拾っていた
ぷっくりしたその両手に　宝ものの銀杏です

粉雪　枝にとまり　松ぼっくり　白くしても
あなたがいて　わたしもいて　なんだかほんわかしてた

春はららら～～～～
夏もららら～～～～
秋もららら～～～～
冬もららら～～～～

ちょっと昔の日本です

心のアルバム

九品仏というお寺があります。「くほんぶつ」と読み、都内世田谷にあります。昔は時間に関係なく門は開いていたそう。時代ですね、今は夜間閉まるらしい。

私の友人たちがここで子育てをしていたのです。その話を聞いてできたのが、この曲です。

みなさんもきっと子育てをした街の景色、例えば「公園」を覚えていると思います。

そしてその景色とともに、いろいろな感情や出来事がフラッシュバックするでしょう?

初めて息子とオドオド公園に向かった日、ほかのお友だちとなじめなかった頃、砂場から離れている間に取られてしまったバケツ、なかなか順番がこなかったブランコ、謝りなさいと言ってもひっくり返って泣いた娘、ありがとうって返しなさいと言っても放り投げたトラックのおもちゃ……。

そこにはその季節にしか吹かなかった風、その月にしか咲かなかった花があったはず。

そのときは無我夢中だったけれど、今となってはそんな日々を過ごすことができたことは、本当に幸せ。思わずニッコリしちゃう。

顔にべったりついた黒い髪の毛、息がハアハア、汗がタラリ、ああ〜なんてかわいいの?! 日陰に入りなさい、帽子かぶりなさい、水分とりなさい。

そんな親心をよそに子どもたちは走る走る。転んで泣いてまた走る。でも、「あらあら、こんなに汗かいちゃって……」、そう言いながらタオルでわが子の額を拭《ぬぐ》うときの幸せは格別です。

季節は巡りに巡り、子どもたちの成長とともに私もそれなりに年を重ねました。

でもきっと、ある風景とリンクするまだ小さかった子どもの姿が見えるはず。

その一瞬一瞬を楽しんでページをめくらなくてもいい、頭と心のなかのアルバムにしまっておきたいと思います。

ちなみに、わが家の十六歳の娘たちは、いまだに車に乗っていて公園を見つけると、即反応します。

「あ、公園!!」。先日も車を停めて「行っておいで」というと走って行って、遊具で三十分も遊んでいました。ブランコが好きで好きでたまらないみたい。それは十年たっても変わらないらしい。

私が「娘たち」と「公園」の姿を心のアルバムにしまうのは、まだまだ先のことになりそうです。

子育てをした公園、
そのときの子どもの顔、
若くて痩せていた私？

あなたは

あなたは遠い　あなたは近い
望まれしあなたは　心配の種
あなたは近い　あなたは遠い
望まれしあなたは　幸せの種

高望みはしない　私の子ですもの
低空飛行も人生のうち
でもそれはないでしょ「べつに～」はよくないでしょ
いったいいつから　そんな口をきく

言う事きく子が　いい子じゃないと
お偉いせんせい　本に書くけど
こっちにもあるのよ　母親の意地が
「ごめん」っていうまでは　折れてたまるか

次から次へと　親を試す様に
開ける道には石ころばかり
試練くぐりぬけ　世間またにかけ
進む私を　だれか助けて

追いかけりゃ逃げる　追われりゃ逃げたい
抱っこしたい時には　あなた大きすぎて
泣くになけない　私が育てた
いつかわかるはず　これでよかった
ぜったい思うわ　これでよかった

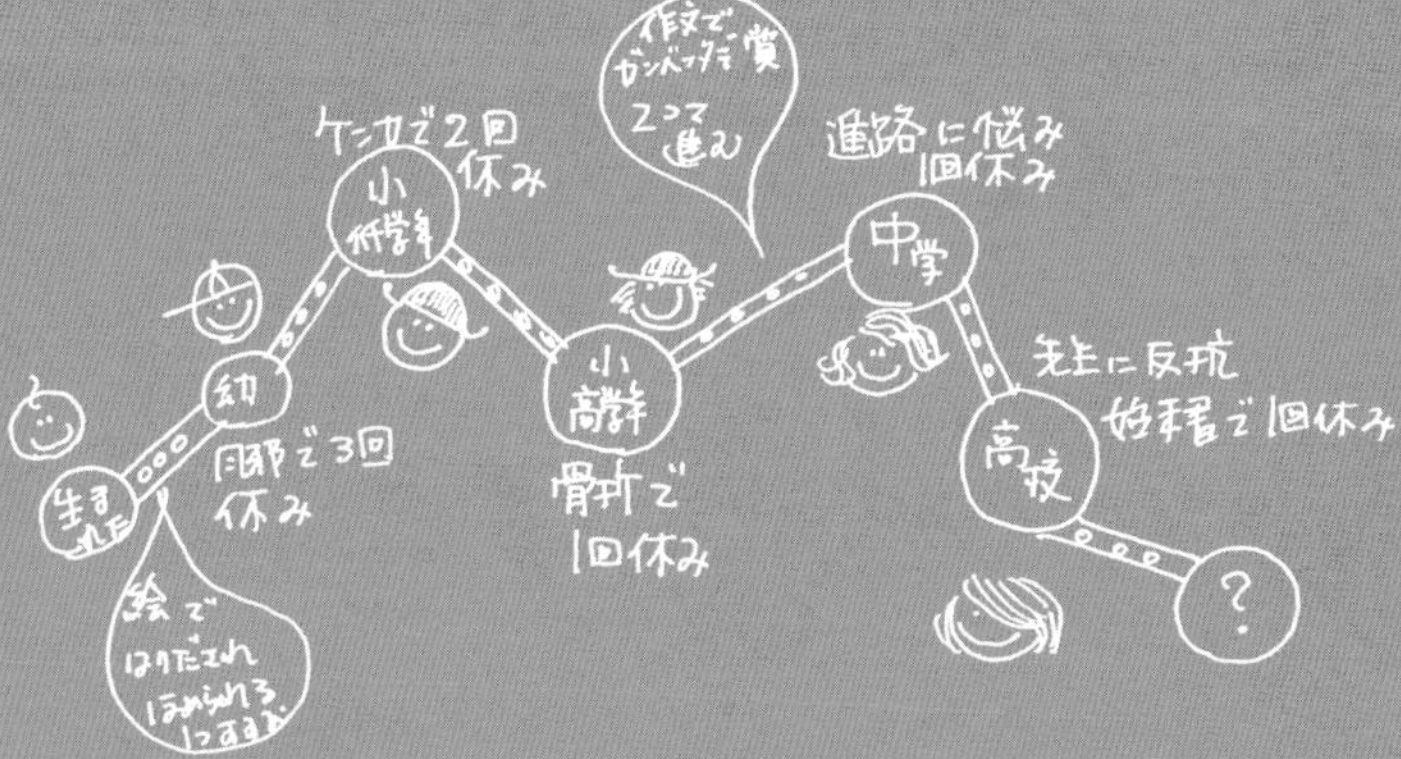

後から後から　親を試すように
選ぶ道には立て札はない
涙くぐり抜け　笑顔またにかけ
答えをさぐる　私を助けて

あなたの人生　あなたが歩む
あなたの気持ちは　私わからない
わかったつもりが　わかってないから
いつもやってくるのは　気持ちの嵐

私の人生　私が歩む
私のきもちは　あなたわからない
わかったつもりが　わかってないから
いつもやってくるのは　気持ちの嵐

子の行く道、親の行く道

「まったく！！！」と何度思ったことか。相手を伴う行為は自分の思うようにいかないものではあるが、その相手と血がつながっていると「まったく」を何回口にしても足りないぐらい腹がたつ。

怒り始めるとあのときもそうだった、このときもそうだったとむしかえしが始まる。そんなことよく覚えていたというぐらい、ところてん状態で口から出てくる。

言っている自分に「頭に血が上ったことって覚えているもんだ」と感心したりする。当然、自分が若い頃にやった同じような失敗や口答えは記憶の外に移動させておく。

「あなたは」の「あなた」とは娘たちである。死にものぐるいで育てて十三年目、なにかの質問に「べつに～」ときたもんだ。

その一言は衝撃であり、彼女たちの反抗期の始まりか?! と思わせたこの「べつに」というイントネーションは、文字であらわすとこんな感じかな？「べ～つに～？～」。文字で見ても真剣味がなくて、どこか馬鹿にしたような音さえ聞こえそう。

我が子たちとは私が仕事をもっていることで逆に会う時間が限られていたからこそ、話し合いの時間を多くとり「密度」で勝負！ と生きてきたのに、その十三年目に「べ～つに～？～」がくるなんて。もう徹底攻撃をして撃沈しました。

人それぞれ生き方があるのは百も承知しています、だからこそ、我が家の子どもはこれで行き先間違っていませんでしょうか？ と誰かに訊きたくなります。平均体重より多くても少なくても、平均身長より高くても低くても幸せな人が大勢いるように、平均の人生（これ自体、なんじゃらほい？）が正しいってことではない。できることならシミュレーションしたい、人生のＣＡＤないの？

あのとき、親が反対していればよかった、賛成していればよかった……なんてのは、裏道を走りながら「もしかして表通りの方が道幅広くて空《す》いてたりして……」なんて心配になるのと同じ。二つは選べないんだものね。

これは四十になったから五十になったから正しい判断をできるようになった……なんて代物《しろもの》ではない。天を仰いで「ずいずいずっころばし」や「どれにしようかな、神様のいうとおり」なんてやりたくなる。神様は賢いから、「答えは貴方《あなた》の中にあります」とかおっしゃるんだろうな。

私も数限りない失敗、選択ミス？　と思われることをしてきたけれども、これをみんな成功にむすびつけるのは「気の持ちよう」しかないと思ってる。どんなことがあっても、これはよかったんだと思い込むこと。この気持ちの図々しさが、その思い込んだ方向に自分自身を引っ張っていくのかもしれない。

天国に行ったとき、「このとき、この判断、失敗しましたね」とひげの偏屈神様に問われても、「いいえ！　あれで合っていました！」といえる強い母親でいたい。

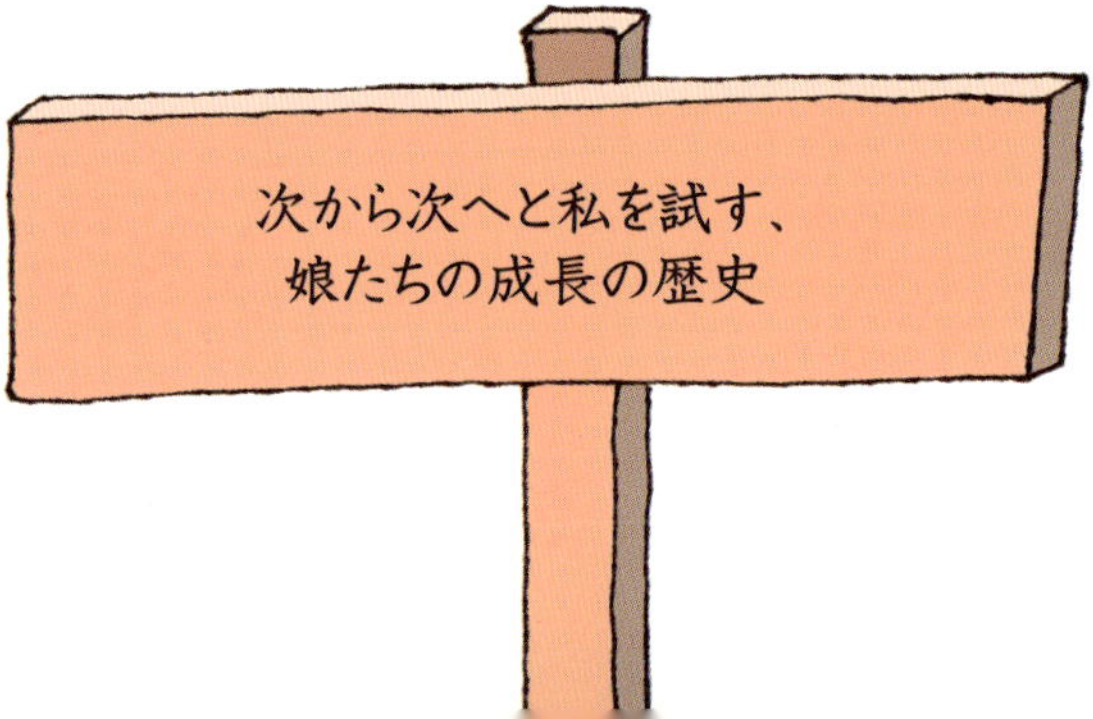

今日にありがとう

作詞　秦万里子

作詞補　秦典子

今日あなたはどんな道を行くのかな
喜び　悲しみ　不安もあるよね
お日様はいつでもあなたを見てる
遠回り？　近道？　それとも回り道？
だけどこれだけは確か　あなたは選んだ
今日ここに来ること　ここでみんなに会うこと

昨日じゃなくて今日　明日じゃなくて今日
一生に一度の今日にありがとう
昨日じゃなくて今日　明日じゃなくて今日
一生に一度の今日にありがとう

今日あなたは誰に笑顔見せたの？
待っている人がいるかもしれない
何かがたりない　何かが欲しい
誰もが探して悩んでいるよね

だけどこれだけは確か　あなたは選んだ
今日ここに来ること　ここでみんなと会うこと

昨日じゃなくて今日　明日じゃなくて今日
一生に一度の今日にありがとう
昨日じゃなくて今日　明日じゃなくて今日
一生に一度の今日にありがとう

昨日じゃなくて今日　明日じゃなくて今日
一生に一度の今日にありがとう
昨日じゃなくて今日　明日じゃなくて今日
一生に一度の今日にありがとう

一生に一度の今日にありがとう

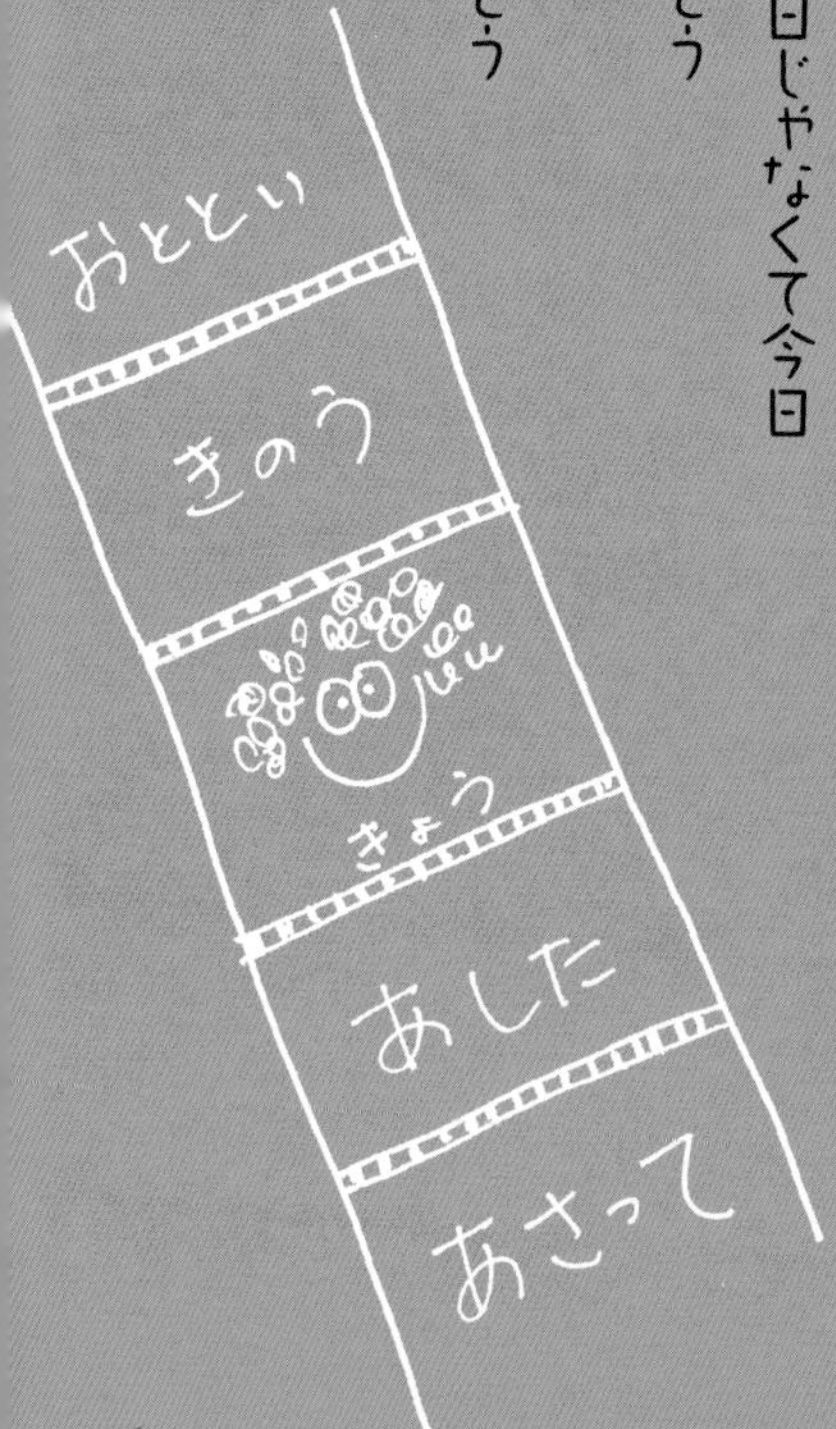

今日は今日だけ

五十年も生きていると、いろいろな壁やら谷やらが目の前に立ちふさがり、「どうしようもない、これでおしまいだ」と思う事件の一つや二つ、あるものです。いや、三つか四つかな？

当然私にも、そんな状況が山のように降ってきましたし、ああ、降り続くう。誰でも思う。『なぜ私に？』でも、『越えられない試練はこない』を念仏用に唱えて何とか今日まで頑張ってきましたぞっと。それらを乗り越えて、「今日」を迎えられたのはありがたいことですし、「不必要」と思っていた難題なくしては今の私があり得ないわけですから、いままでのすべてに感謝ということになります。

それを支えてくれたのは偶然のように出会った友人たちであり、家族であり、祖先であります。誰一人として欠けていても「今の私」は存在し得ない。

そんなことを考えると、コンサートを開いてそこにたくさんの方々が集まる不思議と、ありがたさに、『礼!!』。

だって、お客さま方にもそれぞれの歴史があり、祖先がいて、いろいろな事件が起こっているでしょう。いろいろなものを抱えながら今日、私のコンサートに来てくださり、時間を共有してくださるのは、「びっくり」としか言いようがない。これだけミュージシャンが多いなかで、私を選び、都合をつけて集まってくださった、これに感謝をしなかったらバチが当たります。そして、その日のお客さまの顔ぶれも天気も会場も同じという日など存在不可能であります。

そう思ったら友人と会うのだって、ご飯を作るのだって、その日の条件はその日にしかやってこない……。そう、「今日は今日だけ」なんだ。

こんなこと、若い頃は思いもしませんでしたよ。来年もまた一月一日はやってくる、三月十七日はやってくる。九月十六日もやってくる、そう思っていました。でもそれは違う。全く同じ日はやってこない、だからコンサートも同じプログラムは用意しません。その場で考えてつくる「即興」にこだわっているのも、ここに根っこがあります。

音楽家とは非生産的職業です。お米やみかんを作るのとは訳が違います。魚を捕るのとも違う。それがなくても生きていけるものであり、代用できるものが山ほどあるもの。

そのなかでこうして、私のコンサートを聞きに来てくださるというのは、すごいことだと思っているのです。

野を越え、山を越え、谷を渡り、おんぶしてもらい、だっこしてもらい、ここまできた私が、やはりまったく違う環境で、違う野や山を越え、谷を渡り、支えられ、それぞれのルートで会場にいらしてくださったお客さまと出会う——その不思議。何かのご縁で一緒にいられることのありがたさをかみしめます。昨日だったら都合が悪かったかもしれない、明日だったら用事があったかもしれない、コンサートが「今日」だったからこうしてお目にかかれた、これもご縁です。そんな今日にありがとう……。

いつか、いつか。――あとがきにかえて

いつか、いつか、

そう思っているうちに50歳を過ぎました。それは幼い頃、アメリカ人になりたい！と思い始めてから、「いつか」と思わない日はなかったと思います。アメリカ人になりたい、の次は、
「バレエがならいたい」（勝手におけいこ事は一人一つと思い込んでいて諦めた）
「作曲家になりたい」（小学校の音楽室の年表に女性がいなかった）
「スター千一夜のゲストで出たい」（番組がおわった）
「モンキーズに家にきてほしい」（夢の中で叶いました）
「モンキーズのデイビーと結婚したい」（中学生の時に彼は勝手に他の人と結婚）
「バカラックに会いたい」
「バカラックのようになりたい」
「徹子の部屋に出たい」（お声がかかった時の準備は出来ております）
「ジョン・ウイリアムスに師事したい」
などなど、ずうっと「いつかは……」と思い続けてきました。そして今、こうして多く

のみなさまのお陰でここまで来られたこと、大変うれしく、またありがたく思っています。みなさま、ありがとう。

全ては中学時代の友人が私にいきなり「歌を教えて」と電話をかけてきたことから始まりました。その友人達とグループを組んで行った個人宅でのライブ、シーツが幕がわりでしたっけ。ソロになってからは定期的に都内と地元（湘南）で小さな小さなライブを続けてきました。一緒にやって行こうと言ってくれた今の事務所の社長（勇気あるなあ）、中村裕子氏と本格的に始めたのは２００１年、それでもしばらくはお客様を集めるのも大変でした。それが今日、こんなに会場にお客様がきてくださるようになって、私やスタッフが望んでいたこととはいえ、ビックリとほっこりと感謝の気持ちでいっぱいです。

今までの50数年間、色々なことがありました。悲しかったこと、嬉しかったこと、怖かったこと、苦しかったこと、情けなかったこと、これはきっとどなたにでも言えることだと思います。特に大変だったことや泣けてしまったことは、無ければ無い方が良かったのかもしれません。が、が……もう起きてしまったことは「これでよかったと思える日が絶対に来る」と信じて進むのが私流であります。今はわからないけど、きっと意味がある……そう思うことで前に進んできました。そういう断面が詞になっているものが多くあります。

元々音楽が専門であり、詞に関しては人生を歩んでいるうちに「書き留めよう」と思ったことが増えて来た……というところでしょうか。文章を書くのが苦手だった私ですから、人間わからないものですね。

そしてここにきて、コーラス隊をあちらこちらで結成し、そのメンバーの方々に大きな力をいただくようになりました。音楽を目からのものではなく、耳からのものとしてどう楽しむか、身体でどう表現するか、どうやったら音楽の楽しさが伝わるか、などの思いをみなさまにお届けしているつもりです。音楽のむずかしい用語ではなく、一般の言葉でどう説明するか……それもチャレンジです。そしてこちらが皆様に「バーゲンバーゲン～」とお教えしている間に、みなさまから「私たち頑張ってます！」の力をいただいています。そしてそれが大きな流れになりつつあることを感じています。今までコーラス隊として、お客様として参加してくださったどの方がいらっしゃらなくても今日の私はおりません。みなさま、ううううう……言葉になりません。

そう、私はどの日もどの方も、今までの全てがなければ今の私は無いと信じています。そしてその私を作った私の家族にもここで「ありがとうね！」。

これからも多くの方々とコンサートでお目にかかりたいと思いますが、今はどうしても出かけられないという方々にも是非私の歌を聴いていただきたいと思っています。そのためにマスコミの力をお借りしてお届けしようとしています。コーラス隊のメンバーと、全国中継つなぎながら、紅白で「バーゲン・バーゲン」いかがでしょうか？

その先にはまた「いつか……」という思いがいっぱい。みなさまと一緒にその夢を追いたいと思っております。

どうかどうか、これからも一緒に歩んでくださいませ。宜しくお願い致します。

最後に秦の歌の楽しみ方を一つ……私の歌には妹が作詞をしたものが多くあり、みなさまによく笑っていただいています。この本により、どれが妹の書いたものかおわかりいただけたかと思いますが、これからコンサートで歌うもの……これはどっちが書いたんだ？と予想をしてみてくださいませ。え？　あたったら？　プレゼントは特にご用意しておりませんが……。

あっ、「最後に」がもう一つ。……幻冬舎のみなさま、私に「本を」なんてお声をかけてくださいまして、誠にありがとうございました。

中学の先生に自慢したい……「国語の成績悪かった私が、本、出しました！」。

ああ、あのアカデミー賞で、俳優達がお礼を言いたい人が多すぎて困るシーンを思い出しました。

ええと、ええと、ええと、あの方にも、この方にも、みなさま、ありがとう！！！

［著者略歴］

秦万里子　はた・まりこ

中学高校時代、バート・バカラックを聴いて衝撃を受け、国立音楽大学ピアノ科に進学。卒業後、ボストンに留学し、アメリカ音楽を学ぶ。帰国後、双子の女の子を授かり、主婦業に専念。その後、音楽活動を再開。

2001年より、主婦の身近な題材を自らピアノを弾きながら歌うようになり、多くのファンを集める。主婦を中心としたコーラス隊を結成するコンサートスタイルを、全国各所で開催。テレビやラジオにも出演する。人気の楽曲「バーゲン・バーゲン」「今日にありがとう」等の楽譜を「プリント楽譜」（http://www.print-gakufu.com）でリリース。2009年1月『半径5メートル物語』（徳間ジャパンコミュニケーションズ）でメジャーデビュー。10月にはセカンドアルバム『主婦たちへの応援歌』をリリース。本書は初の著書となる。

ホームページアドレス　http://www.hatamariko.com

半径5メートル物語　主婦達への応援歌

2009年9月20日　第1刷発行

著　者　　秦 万里子
発行者　　見城 徹

発行所　　株式会社 幻冬舎
〒151-0051　東京都渋谷区千駄ヶ谷4-9-7
電話　03（5411）6211（編集）　03（5411）6222（営業）
振替　00120-8-767643

印刷・製本所　株式会社　光邦
造本　矢野徳子＋島津デザイン事務所
カバー表1写真　広瀬まり
写真　ヤマグチタカヒロ
スタイリング　西田麻美
メイク　村田真弓
協力　徳間ジャパンコミュニケーションズ　NYパワーハウス
ウイッグ提供　フォンテーヌ株式会社
めがね提供　銀屋
着付け　加藤真由美
DTP　美創

検印廃止

ISBN978-4-344-01735-1　C0095
幻冬舎ホームページアドレス　http://www.gentosha.co.jp/

この本に関するご意見・ご感想をメールでお寄せいただく場合は、comment@gentosha.co.jpまで。

JASRAC ㊍0910765-901